A VIDA É UM ROMANCE

Livros do autor publicados pela L&PM EDITORES:

Um apartamento em Paris
A garota e a noite
A vida é um romance
A vida secreta dos escritores

GUILLAUME MUSSO

A VIDA É UM ROMANCE

Tradução de Julia da Rosa Simões

Texto de acordo com a nova ortografia.
Título original: *La vie est un roman*

Tradução: Julia da Rosa Simões
Capa e ilustração: Mathieu Persan
Ilustrações: Matthieu Forichon
Preparação: Nanashara Behle
Revisão: Mariana Donner da Costa

CIP-Brasil. Catalogação na publicação
Sindicato Nacional dos Editores de Livros, RJ.

M98v

    Musso, Guillaume, 1974-
        A vida é um romance / Guillaume Musso ; tradução Julia da Rosa Simões. – 1. ed. – Porto Alegre [RS]: L&PM, 2022.
        208 p. ; 23 cm.

        Tradução de: *La vie est un roman*
        ISBN 978-65-5666-333-3

        1. Ficção francesa. I. Simões, Julia da Rosa. II. Título.

22-80978   CDD: 843
                             CDU: 82-3(44)

Meri Gleice Rodrigues de Souza - Bibliotecária - CRB-7/6439

© Copyright das ilustrações internas ©Matthieu Forichon
Copyright © Calmann-Lévy, 2018. All rights reserved.

Todos os direitos desta edição reservados a L&PM Editores
Rua Comendador Coruja, 314, loja 9 – Floresta – 90.220-180
Porto Alegre – RS – Brasil / Fone: 51.3225.5777

Pedidos & Depto. Comercial: vendas@lpm.com.br
Fale conosco: info@lpm.com.br
www.lpm.com.br

Impresso no Brasil
Verão de 2023

Para Nathan

Sumário

A romancista galesa Flora Conway...................11

A GAROTA NO LABIRINTO

1. Escondida 17
   Trechos do interrogatório da sra. Flora Conway.......25
2. Uma teia de mentiras 31
3. O 36º subsolo 41
4. A espingarda de Tchékhov...........................55

UM PERSONAGEM DE ROMANCE

5. A concordância dos tempos 69
6. Uma armadilha para o herói 81
7. Um personagem em busca de seu autor 91
8. Almine 103
9. O fio da história................................117
10. O império da dor................................131
    À luz do dia 139
    AP, 13 de abril de 2010 141
11. A liturgia das horas 143
    Le Monde, 16 de janeiro de 2011 149

A TERCEIRA FACE DO ESPELHO

12. Théo 157
    Corse Matin, 20 de junho de 2022 161
13. A glória de meu pai 163
    Le Journal du dimanche, 7 de abril de 2019 171
14. O amor que nos persegue 175
    Centro Hospitalar de Bastia, 22 de junho de 2022....193

A última vez que vi Flora 195

Referências.. 203

Sábado, 3 de junho, 10h30 da manhã

Nervosismo absurdo. Quero começar um romance à tarde. Faz duas semanas que me preparo para isso. Nos últimos dez dias, vivi com meus personagens, no ambiente deles. Acabei de apontar quatro dúzias de lápis novos, minha mão tremia tanto que tomei meio comprimido de Belladenal. Conseguirei? [...] No momento, estou apreensivo e me sinto tentado, como sempre, a adiar a escrita para mais tarde, ou a não escrever em absoluto.

Georges Simenon
Quand j'étais vieux

A romancista galesa Flora Conway
é a vencedora do prêmio Franz Kafka
Agence France-Presse, 20 de outubro de 2009

A discretíssima romancista de 39 anos recebeu a prestigiosa distinção, que todos os anos é atribuída a um autor pelo conjunto da obra.

Flora Conway, que sofre de fobia social e conhecidamente detesta multidões, viagens e jornalistas, não esteve presente em Praga na última terça-feira para assistir à cerimônia, que ocorreu nos salões da prefeitura.
A editora Fantine de Vilatte se encarregou de receber o troféu, uma estatueta de bronze com a efígie de Franz Kafka, e uma quantia de dez mil dólares. "Acabo de falar com Flora por telefone. Ela agradece a todos com entusiasmo. Esse prêmio a deixa particularmente feliz, pois a obra de Kafka é para ela uma fonte inesgotável de admiração, reflexão e inspiração", garantiu a sra. Vilatte.
O prêmio, entregue pela Franz Kafka Society em colaboração com a prefeitura de Praga, é atribuído desde 2001 por um júri internacional. Entre os laureados figuram Philip Roth, Václav Havel, Peter Handke e Haruki Murakami.
Publicado em 2004, seu ambicioso primeiro romance, *A garota no Labirinto*, alçou-a ao topo do mundo literário. Traduzida em mais de vinte países e saudada pela crítica como um clássico instantâneo, a obra coloca em cena a trajetória de vários nova-iorquinos no dia anterior aos atentados do World Trade Center. Os personagens se cruzam no Labirinto, um bar da Bowery onde a própria Flora Conway foi garçonete

antes de publicar o romance. Depois deste vieram dois outros títulos, *O equilíbrio de Nash* e *O fim dos sentimentos*, que a consolidaram como uma grande romancista deste início de século XXI.

No discurso de agradecimento, Fantine de Vilatte se disse feliz de poder anunciar o lançamento iminente de um novo romance. A notícia se espalhou como um rastilho de pólvora no mundo da literatura, pois a publicação de um livro de Conway é um acontecimento.

Uma aura de mistério permanece em torno da escritora. Embora nunca tenha ocultado sua identidade, Flora Conway nunca apareceu na televisão, nunca participou de programas de rádio, e seus livros sempre apresentam uma única e mesma foto.

A cada lançamento, a romancista se contenta em dar algumas breves entrevistas por e-mail. A sra. Conway várias vezes declarou querer se emancipar das obrigações e da hipocrisia ligadas à notoriedade. Nas colunas do *Guardian*, recentemente explicou que se recusava a participar do circo midiático, que execrava, acrescentando que era justamente "para fugir desse mundo saturado de telas, mas vazio de inteligência" que escrevia romances.

Sua decisão segue a esteira de outros artistas contemporâneos como Banksy, Invader, o grupo Daft Punk e a romancista italiana Elena Ferrante, para quem o anonimato é uma maneira de colocar a obra e não o artista em evidência. "Depois de publicado, meu livro se basta a si mesmo", afirmou Flora Conway.

Alguns curiosos esperavam que a obtenção do prêmio Kafka levasse a escritora a sair de sua toca nova-iorquina. Infelizmente, mais uma vez ficarão a ver navios.

Blandine Samson

A GAROTA NO LABIRINTO

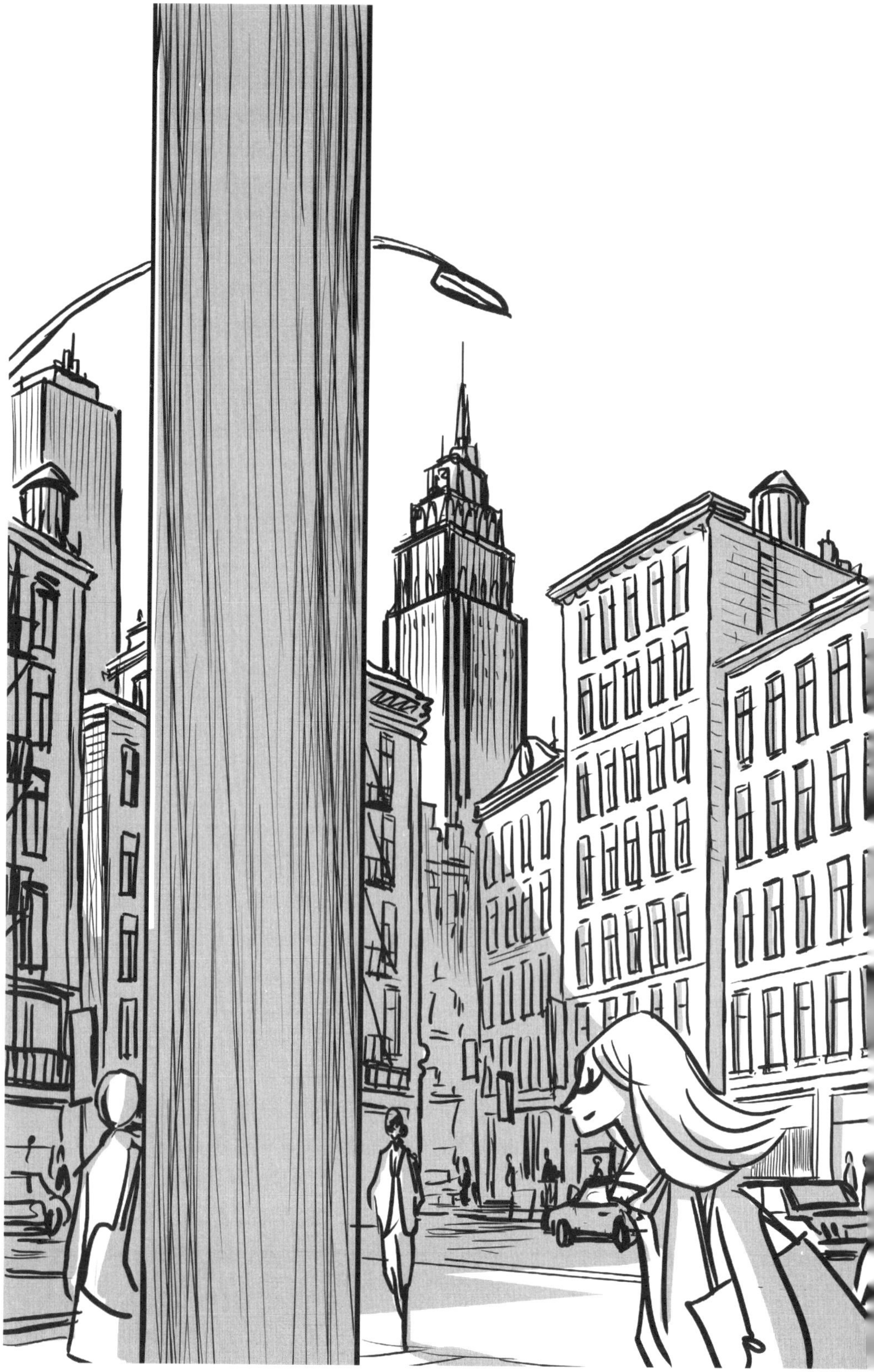

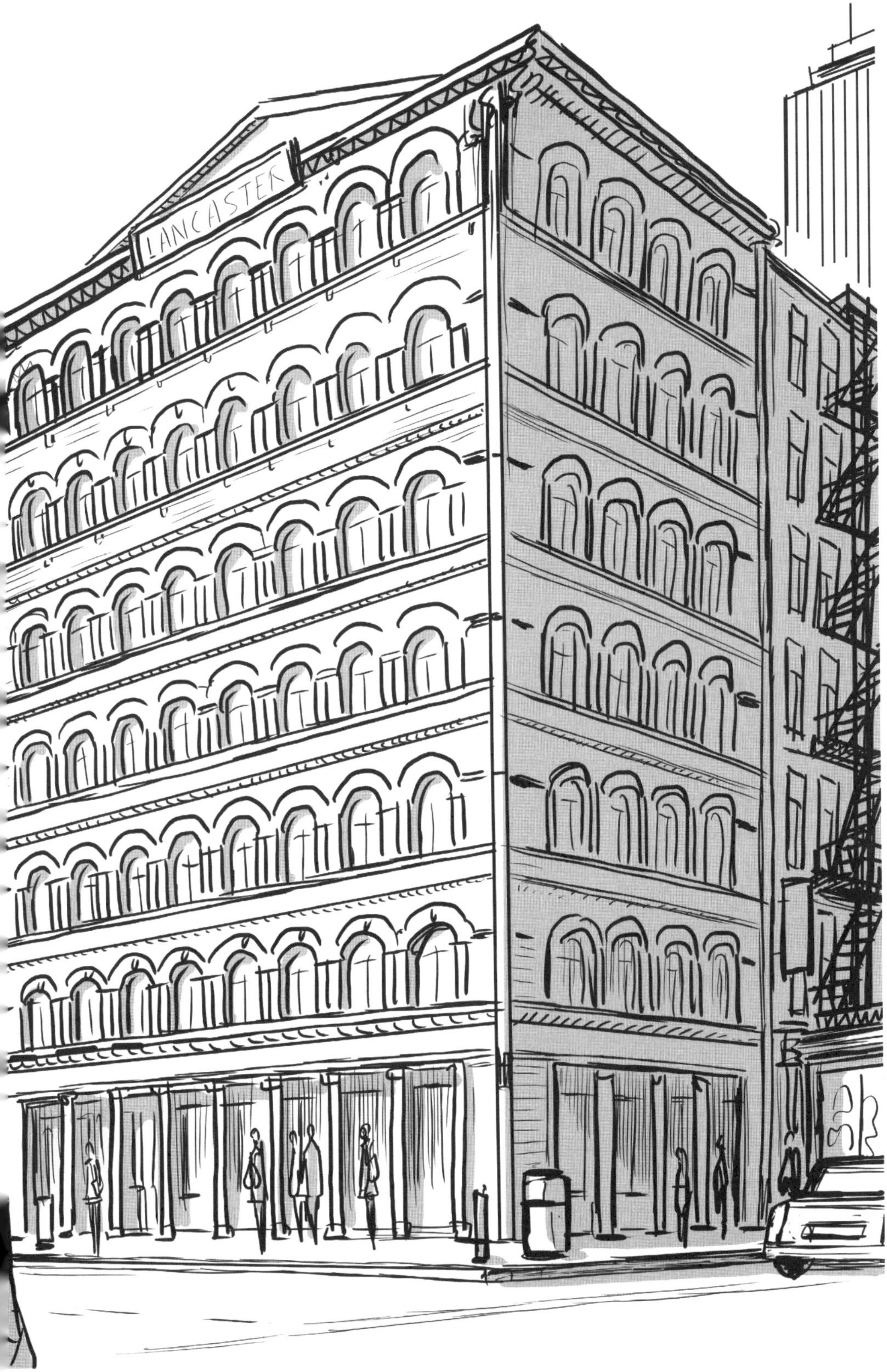
LANCASTER

1
Escondida

> *A história que acontece debaixo de nosso nariz deveria ser a mais nítida, e no entanto é a mais turva.*
>
> Julian Barnes

1.

Brooklyn, outono de 2010.

Há seis meses, no dia 12 de abril 2010, minha filha de três anos, Carrie Conway, foi sequestrada enquanto brincávamos de esconde-esconde em meu apartamento de Williamsburg.

Era uma tarde bonita, clara e ensolarada, como as que Nova York costuma oferecer na primavera. Fiel a meus hábitos, fui buscar Carrie a pé na escola Montessori do McCarren Park. No caminho de volta, paramos no Marcello's para comprar uma compota e um *cannoli* de limão que Carrie devorou saltitando alegremente ao lado do carrinho.

Quando chegamos em casa, no lobby do Lancaster Building, no número 396 da Berry Street, nosso novo zelador, Trevor Fuller Jones – contratado menos de três semanas antes –, deu a Carrie um pirulito de mel e gergelim, fazendo-a prometer que não o comeria imediatamente. E disse que ela tinha sorte de ter uma mamãe romancista, que devia lhe contar lindas histórias para dormir. Observei, rindo, que para dizer uma coisa daquelas ele nunca devia ter folheado um de meus romances, o que ele admitiu. "É verdade, não tenho tempo de ler, sra. Conway", ele afirmou. "Você precisa tirar tempo para ler, Trevor, não é a mesma coisa", respondi-lhe, enquanto as portas do elevador se fechavam.

Seguindo nosso ritual diário, peguei Carrie no colo para que ela apertasse o botão do último andar, o sexto. O elevador começou a subir com um rangido metálico que há tempo já não nos assustava. O Lancaster é um edifício velho de ferro fundido, em obras de renovação. Um improvável palácio de amplas janelas emolduradas por colunas coríntias. Antigamente, servira de depósito a uma manufatura de brinquedos que encerrara suas atividades no início dos anos 1970. Com a desindustrialização, o imóvel ficara abandonado por quase trinta anos, até ser transformado em prédio de apartamentos na época em que morar no Brooklyn virou moda.

Assim que entramos no apartamento, Carrie tirou os tênis em miniatura e colocou pantufas rosa-claro com pompons macios. Ela me seguiu até o aparelho de som, esperou que eu colocasse um vinil no toca-discos – o segundo movimento do concerto em sol de Ravel – e aplaudiu, esperando o começo da música. Depois ficou alguns minutos agarrada às minhas pernas, esperando que eu acabasse de estender a roupa, e pediu para brincarmos de esconde-esconde.

Aquela era, de longe, sua brincadeira preferida. A que exercia sobre ela verdadeiro fascínio.

Durante seu primeiro ano de vida, o "cadê?-achou!" se resumia, para Carrie, em colocar as mãozinhas na frente dos olhos, com os dedos afastados e o olhar semicoberto. Ela me perdia de vista por alguns segundos antes de meu rosto reaparecer como que por magia e fazê-la cair numa estrondosa gargalhada. Com o tempo, acabou entendendo a função de um esconderijo. Então se escondia atrás de uma cortina ou embaixo da mesa de centro. Um pé ou uma perna mal dobrada sempre indicavam sua presença. Às vezes, quando a brincadeira se prolongava demais, ela acabava agitando a mão em minha direção para eu encontrá-la mais rápido.

À medida que ela crescia, a brincadeira se tornava mais complexa. Carrie explorava outras peças do apartamento, multiplicando as possibilidades de esconderijo: agachada atrás de uma porta, encolhida dentro da banheira, dissimulada embaixo das cobertas, deitada embaixo da cama.

As regras também haviam mudado. A brincadeira se tornara muito séria.

Agora, antes de começar a procurá-la, eu precisava me virar para a parede, fechar os olhos e contar lentamente até vinte.

E foi o que fiz naquela tarde de 12 de abril, enquanto o sol brilhava atrás dos arranha-céus, banhando o apartamento com uma luz quente quase irreal.

– Não vale roubar, mamãe! – ela me advertiu, embora eu sempre seguisse à risca o ritual.

Em meu quarto, com as mãos sobre os olhos, comecei a contar em voz alta, nem devagar demais nem rápido demais.

– Um, dois, três, quatro, cinco...

Lembro-me muito bem do som macio de seus passos sobre o assoalho. Carrie saía do quarto. Ouvi-a atravessar a sala, empurrar a poltrona Eames que ficava de frente para a imensa janela de vidro.

– ...seis, sete, oito, nove, dez...

O clima estava agradável. Minha mente vagava, aqui e ali, levada pelas notas cristalinas que vinham da sala. Minha passagem preferida do adágio. O diálogo entre o corne inglês e o piano.

– ...onze, doze, treze, catorze, quinze...

Uma longa frase musical, cuidadosamente executada, que não acabava nunca e que alguns haviam comparado a uma chuva morna, constante e tranquila.

– ...dezesseis, dezessete, dezoito, dezenove, vinte.

Abra os olhos.

2.

Abri os olhos e saí do quarto.

– Atenção, atenção! Mamãe está chegando!

Entrei na brincadeira. Rindo, desempenhei o papel que minha filha esperava de mim. Percorri as peças narrando em tom brincalhão cada uma de minhas tentativas:

– Carrie não está embaixo das almofadas... Carrie não está atrás do sofá...

Os psicólogos dizem que a brincadeira de esconde-esconde tem um interesse pedagógico: ela é uma maneira de fazer a criança viver a separação de maneira positiva. Encenando um distanciamento temporário e fictício, a criança supostamente sente a solidez do laço que a une aos pais. Para produzir efeitos positivos, a brincadeira precisa operar como uma verdadeira dramaturgia e proporcionar, num espaço muito breve de tempo, um amplo leque de emoções: um pouco de excitação, certa expectativa e um toque de medo antes da alegria do reencontro.

Para deixar todas essas emoções aflorarem, é preciso fazer o prazer durar e não acabar rápido demais com o suspense. Obviamente, era comum eu saber onde Carrie se escondia antes mesmo de abrir os olhos. Mas não daquela vez. E depois de dois ou três minutos um pouco teatrais, decidi parar de fingir e comecei a procurá-la. De verdade.

Embora o apartamento seja amplo – uma espécie de grande cubo de vidro de duzentos metros quadrados na lateral oeste do prédio –, as possibilidades de esconderijos não são ilimitadas. Eu o comprara alguns meses antes, investindo todos os meus direitos autorais. O programa imobiliário de renovação do Lancaster fora iniciado, e embora as obras estivessem longe de estar prontas, o apartamento que eu queria era o último disponível no mercado. Apaixonei-me pelo lugar na primeira visita e, para consegui-lo e fazer a mudança o mais rápido possível, acabei pagando uma propina para o corretor imobiliário. Depois de instalada, mandei derrubar todas as paredes possíveis para transformar o apartamento num loft de piso claro como mel e decoração minimalista. Nas últimas vezes que brincamos juntas, Carrie conseguira encontrar esconderijos sofisticados: travessa, se enfiara atrás da secadora de roupa e dentro da despensa.

Com paciência, ainda que um pouco exasperada, procurei-a em todos os cantos e recantos, atrás de cada móvel. Depois comecei tudo de novo. Em minha pressa, derrubei o aparador de carvalho sobre o qual ficavam os vinis e o toca-discos. Com o impacto, o braço do prato giratório foi ejetado e interrompeu a música, mergulhando o ambiente no silêncio.

– Muito bem, querida, você ganhou. Saia do esconderijo, agora!

Corri até o hall para verificar a entrada do apartamento. A porta blindada estava fechada com duas voltas. A chave estava na fechadura de cima, presa a um chaveiro, fora do alcance de uma criança.

– Carrie! Saia do esconderijo, por favor, você ganhou!

Com toda a sensatez que fui capaz, tentei conter as ondas de pânico que ameaçavam chegar. Carrie estava *necessariamente* dentro de casa. A presença das chaves na porta, bloqueando o miolo da fechadura, impedia a abertura pelo lado de fora, mesmo com uma cópia. As janelas, por sua vez, com a renovação do imóvel estavam definitivamente lacradas. Carrie não podia ter saído de casa, e ninguém podia ter entrado.

– Carrie! Me diga onde está.

Eu estava ofegante, como se tivesse acabado de atravessar metade do Central Park na corrida. Por mais que abrisse a boca para respirar, o ar não chegava a meus pulmões. Era impossível. Ninguém pode desaparecer durante uma partida de esconde-esconde dentro de um apartamento. É uma brincadeira que sempre acaba bem. O desaparecimento é uma atuação simbólica e temporária. Não pode ser de outro jeito. Está inscrito no próprio DNA do conceito: só brincamos porque temos certeza de encontrar o outro.

– Carrie, agora chega! Mamãe não está contente!

Mamãe não estava contente, mas mamãe, acima de tudo, estava com muito medo. Pela terceira ou quarta vez, verifiquei todos os esconderijos habituais, depois passei aos mais improváveis: dentro da máquina de lavar roupa, dentro da chaminé – fechada há anos. Arrastei a geladeira, desliguei o disjuntor para desbloquear e abrir o cofre do teto falso que abrigava os dutos do ar-condicionado central.

– CARRIE!

Meu grito ecoou por todo o apartamento, fazendo os vidros tremerem. Mas o eco se dissipou e o silêncio retornou. Na rua, o sol havia desaparecido. Fazia frio. Como se o inverno tivesse acabado de chegar, sem avisar.

Fiquei parada por um tempo, toda suada, com lágrimas escorrendo pelas bochechas. Voltando a mim, percebi uma das pantufas de Carrie no corredor do hall de entrada. Juntei o sapatinho de veludo rosa-claro. Era o pé esquerdo. Procurei o outro par, que parecia ter desaparecido.

Então decidi chamar a polícia.

3.

O primeiro a se apresentar foi o *detective* Mark Rutelli, do 90th Precinct, delegacia que atendia todo o norte de Williamsburg. Ele não devia estar longe da aposentadoria. Apesar da aparência cansada e das olheiras, o policial logo entendeu a urgência da situação e não poupou esforços. Depois de uma nova inspeção minuciosa no apartamento, ele chamou reforços para revistar o prédio, convocou uma equipe da perícia, enviou dois homens para interrogar os moradores do Lancaster e assistiu pessoalmente aos vídeos das câmeras de segurança.

Desde o início, a pantufa faltante o levara a tentar acionar o dispositivo "alerta sequestro", mas a State Police decidira reunir elementos concretos antes de dar seu aval.

Enquanto o tempo passava, eu quase morria de preocupação. Fiquei totalmente perdida, incapaz de saber como me fazer útil e, no entanto, loucamente ansiosa para ajudar. Deixei uma mensagem no telefone de minha editora: "Fantine, preciso de você, Carrie desapareceu, a polícia está aqui, não sei o que fazer, estou louca de preocupação, me ligue imediatamente".

A noite logo caiu sobre o Brooklyn. Além de Carrie não reaparecer, nenhuma das investigações do NYPD descobriu a menor pista. Minha filha parecia ter se volatilizado, levada na escuridão por um Rei dos Elfos sanguinário que tirara proveito de meu momento de desatenção.

Às oito da noite, a chefe de Rutelli, a *lieutenant* Frances Richard, entrou no hall do Lancaster, para onde eu fora levada enquanto uma equipe esquadrinhava no subsolo o depósito atribuído a cada apartamento.

– Grampeamos sua linha telefônica – ela me informou, levantando o colarinho do impermeável.

A rua fora fechada e um vento gelado encanava na Berry Street.

– Não é impossível que a pessoa que sequestrou sua filha tente entrar em contato para pedir um resgate ou alguma outra coisa. Por enquanto, porém, a senhora precisa ir comigo à delegacia.

– Mas por quê? E como ela pode ter sido sequestrada? A porta estava...

– É o que estamos tentando descobrir, senhora.

Levantei a cabeça para a enorme silhueta do prédio, que se delineava na escuridão. Algo me dizia que Carrie continuava dentro do prédio e que eu cometia um erro ao me afastar. Em busca de apoio, procurei Rutelli com o olhar, mas ele tomou o partido de sua chefe:

– Siga-nos, senhora. Precisa responder de maneira mais clara a algumas perguntas.

Trechos do interrogatório da sra. Flora Conway

Segunda-feira, 12 de abril de 2010, pelo *detective* Mark Rutelli e pela *lieutenant* Frances Richard, na sede do 90th Precinct, 211 Union Avenue, Brooklyn, NY 11211.

8:18 PM
***Lieutenant* Richard** *(relendo suas notas)*: A senhora disse que o pai de Carrie se chama Romeo Filippo Bergomi. Ele é bailarino na Ópera de Paris, é isso?
Flora Conway: Bailarino corifeu.
***Detective* Rutelli**: E o que isso significa, exatamente?
Flora Conway: Na hierarquia da Ópera, há os bailarinos *étoile*, os primeiros bailarinos, os *sujets* e os corifeus.
Lt. Richard: A senhora quer dizer que ele é um *loser*?
Flora Conway: Não, apenas respondi à pergunta.
Lt. Richard: O sr. Bergomi tem 26 anos hoje, é isso?
Flora Conway: Imagino que tenham verificado isso.
Dt. Rutelli: Sim, entramos em contato com ele, coisa que a senhora deveria ter feito. Ele nos pareceu muito preocupado. Pegou um avião na mesma hora. Estará em Nova York amanhã de manhã.
Flora Conway: Vai ser a primeira vez que se preocupa com a filha. Até hoje isso nunca tinha acontecido.
Dt. Rutelli: A senhora sente raiva dele por causa disso?
Flora Conway: Não, até prefiro que seja assim.

Dt. Rutelli: A senhora acredita que o sr. Bergomi ou alguém de seu círculo poderia ter feito mal a Carrie?
Flora Conway: Acredito que não, mas não poderia jurar. Não o conheço muito bem.
Lt. Richard: A senhora não conhece o pai de sua filha?

8:25 PM
Dt. Rutelli: A senhora tem inimigos?
Flora Conway: Não que eu saiba.
Dt. Rutelli: Inimizades, então? Quem poderia odiar uma romancista conhecida como a senhora? Colegas sem sorte?
Flora Conway: Não tenho "colegas". Não frequento uma fábrica ou um escritório.
Dt. Rutelli: Enfim, a senhora entendeu o que eu quis dizer. As pessoas leem cada vez menos, não? Então, necessariamente, a concorrência é feroz. Isso deve criar tensões entre vocês, ciúmes...
Flora Conway: Talvez, mas nada que leve alguém a sequestrar uma criança.
Lt. Richard: Que gênero de romance a senhora escreve?
Flora Conway: Um gênero que a senhora não lê.
Dt. Rutelli: E os seus leitores? A senhora não tem nenhum fã completamente obcecado, como naquela história, *Misery, louca obsessão*? Não andou recebendo cartas ou e-mails de leitores impertinentes demais?
Flora Conway: Não leio as cartas de meus leitores, mas minha editora sem dúvida o faz. Pergunte a ela.
Dt. Rutelli: Por que não lê as mensagens que recebe? Não tem interesse em saber o que eles pensam de seus livros?
Flora Conway: Não.
Lt. Richard: Por quê?
Flora Conway: Porque os leitores leem o livro que querem ler, não aquele que eu escrevi.

8:29 PM
Dt. Rutelli: A escrita é um trabalho lucrativo?
Flora Conway: Depende.
Dt. Rutelli: Porque examinamos suas contas bancárias e não podemos dizer que está nadando em dinheiro...
Flora Conway: Utilizei todos os meus direitos autorais para comprar o apartamento e reformá-lo.
Dt. Rutelli: É verdade que um apartamento daqueles deve custar caro.
Flora Conway: Era importante para mim.
Lt. Richard: O que era importante?
Flora Conway: Ter paredes para me proteger.
Dt. Rutelli: Protegê-la de quem?

8:34 PM
Lt. Richard (*agitando a notícia da AFP*): Vi que a imprensa falou da senhora. Sei que não é o momento para isso, mas parabéns pelo Prêmio Kafka.
Flora Conway: Não é mesmo o momento...
Lt. Richard: Então a senhora não foi receber o prêmio em Praga porque, e cito a matéria, sofre de "fobia social", é isso?
Flora Conway: ...
Dt. Rutelli: É isso, sra. Conway?
Flora Conway: Eu gostaria de saber o que o senhor está pensando, para preferir perder tempo me fazendo esse tipo de pergunta em vez de...
Lt. Richard: Onde esteve ontem à noite? No apartamento, com sua filha?
Flora Conway: Ontem à noite, saí.
Lt. Richard: Aonde foi?
Flora Conway: Bushwick.
Dt. Rutelli: Bushwick é grande.
Flora Conway: Fui a um bar da Frederick Street: o Boomerang.

Lt. Richard: É estranho ir a um bar quando se sofre de fobia social, não?
Flora Conway: Ok, essa história de fobia social é uma bobagem inventada por Fantine, minha editora, para me poupar de ter que falar com jornalistas e leitores.
Dt. Rutelli: Por que a senhora se recusa a falar com eles?
Flora Conway: Porque meu trabalho não é esse.
Dt. Rutelli: Qual é seu trabalho?
Flora Conway: Escrever livros, não os vender.
Lt. Richard: Bom, voltemos ao bar. Quando a senhora se ausenta, quem costuma ficar com Carrie?
Flora Conway: Uma babá, na maioria das vezes. Ou Fantine, quando não consigo ninguém.
Dt. Rutelli: E ontem à noite? Enquanto estava no Boomerang.
Flora Conway: Uma babá.
Dt. Rutelli: Como ela se chama?
Flora Conway: Não sei. Utilizo os serviços de uma agência de baby-sitting e eles nunca enviam a mesma garota.

8:35 PM
Dt. Rutelli: E nesse bar, o Boomerang, o que a senhora fez?
Flora Conway: O que se costuma fazer em bares.
Dt. Rutelli: Bebeu?
Lt. Richard: Flertou?
Flora Conway: Faz parte do meu trabalho.
Dt. Rutelli: Seu trabalho é beber?
Lt. Richard: E flertar?
Flora Conway: Meu trabalho é frequentar lugares para observar as pessoas, falar com elas, tentar adivinhar suas intimidades e imaginar seus segredos. Esse é o motor de minha escrita.
Lt. Richard: Conheceu alguém noite passada?

Flora Conway: Não vejo no que isso pode...
Lt. Richard: A senhora saiu do bar com um homem, sra. Conway?
Flora Conway: Sim.
Dt. Rutelli: Como ele se chamava?
Flora Conway: Hassan.
Dt. Rutelli: Hassan de quê?
Flora Conway: Não sei.
Dt. Rutelli: Aonde vocês foram?
Flora Conway: Para minha casa.
Lt. Richard: Teve relações com ele?
Flora Conway: ...
Lt. Richard: Sra. Conway, teve relações sexuais em seu apartamento, onde sua filha dormia, com um desconhecido que a senhora encontrou algumas horas antes?

8:46 PM
Dt. Rutelli: Eu gostaria que assistisse a esse vídeo com atenção: são as imagens feitas essa tarde por uma câmera de segurança instalada no corredor do sexto andar de seu prédio.
Flora Conway: Eu não sabia que havia uma câmera ali.
Lt. Richard: A decisão foi votada pela assembleia geral há seis meses. A segurança do Lancaster foi reforçada depois que alguns ricaços compraram os apartamentos para reformá-los.
Flora Conway: Pelo tom, vejo que está fazendo uma crítica.
Dt. Rutelli: A câmera permite ver sua porta de entrada com clareza. Aqui, a senhora volta da escola com Carrie. Veja a hora, na parte de baixo da tela: 15h53. Depois, mais nada. Assisti a tudo em velocidade acelerada. Ninguém se aproxima de sua porta até minha chegada, às 16h58.

Flora Conway: Foi o que eu disse!
Lt. Richard: Essa história não se sustenta. Creio que não nos contou toda a verdade, sra. Conway. Se ninguém entrou ou saiu de seu apartamento, sua filha ainda está lá.
Flora Conway: Então ENCONTREM-NA!

[Levanto-me da cadeira. Olho para a imagem que o espelho me devolve: rosto pálido, coque loiro, camisa branca, jeans, jaqueta de couro. Fico de pé. E preciso dizer a mim mesma que assim vou continuar.]

Lt. Richard: Sente-se, sra. Conway! Ainda não terminamos. Temos mais algumas perguntas a fazer.

[Mentalmente, repito para mim mesma que vou aguentar. Que já passei por adversidades. Que já sobrevivi a elas. E que esse pesadelo um dia chegará ao fim. E que...]

Dt. Rutelli: Por favor, sente-se, sra. Conway.
Lt. Richard: Merda, ela desmaiou. Não fique parado aí, Rutelli! Chame uma ambulância. Vai sobrar para nós. Merda!

2
Uma teia de mentiras

*Quando falar com escritores,
sempre tenha em mente que
eles não são pessoas normais.*
JONATHAN COE

1.

Há seis meses, no dia 12 de abril de 2010, minha filha de três anos, Carrie Conway, foi sequestrada enquanto brincávamos de esconde-esconde em meu apartamento de Williamsburg.

Depois de desmaiar durante o interrogatório na delegacia, acordei num quarto do Brooklyn Hospital Center, onde fiquei por algumas horas sob a vigilância de dois agentes do FBI. A sede nova-iorquina do Bureau tomara a investigação. Um dos agentes me disse que uma equipe estava "desossando" o apartamento e que, se Carrie ainda estivesse lá, eles acabariam encontrando minha filha. Passei por um segundo interrogatório e de novo me senti agredida pelo fogo cerrado das perguntas, como se o problema fosse eu. Como se *eu* tivesse a resposta para aquele mistério: onde estava Carrie?

Assim que tive forças, pedi para sair do hospital e encontrar refúgio na casa de minha editora, Fantine de Vilatte. Fiquei com ela uma semana, até me deixarem voltar para o Lancaster.

2.

Desde então, a investigação não avança um centímetro.

Mês após mês, passo os dias mergulhada numa névoa medicamentosa. Esperando desesperadamente que algo aconteça: a descoberta de um indício, a prisão de um suspeito, um pedido de resgate. Ou a visita de um policial, para me dizer que o corpo de minha filha foi encontrado. Qualquer coisa menos essa espera sem esperança. Qualquer coisa menos esse vazio.

À frente do Lancaster, a qualquer hora do dia e da noite, vejo uma câmera, um fotógrafo, um ou vários jornalistas, prontos para me estender um microfone. Não vejo mais a multidão dos primeiros dias, quando havia dezenas de pessoas, mas o suficiente para me dissuadir de sair.

O chamado "caso Carrie Conway" se tornou um acontecimento que "fascina a América", como martelam os canais de notícias – que já disseram de tudo: "o novo mistério do quarto amarelo", "uma tragédia digna de Hitchcock", "Agatha Christie versão 2.0", sem falar nas referências a Stephen King devido ao nome de minha filha e nas teorias completamente insanas que abundam no Reddit.

Da noite para o dia, pessoas que nunca ouviram falar de mim, que nunca leram meus livros, ou que nunca leram nenhum livro, começaram a retirar frases crípticas de meus romances e a distorcê-las para criar hipóteses ridículas. Minha vida e a das pessoas que conheci foram esquadrinhadas por carniceiros em busca de provas incriminatórias. Logo entendi que era sempre a essa conclusão que todos chegavam: sou necessariamente culpada pelo desaparecimento de minha filha.

E a repercussão midiática é o pior juiz. Que não dá importância a nenhuma prova, nenhuma reflexão, nenhuma sutileza. Que não busca a verdade, mas o espetáculo. Que quer o mais rápido, o anedótico, alimentado pela sedução fácil das imagens, da preguiça da imprensa e de seus leitores embrutecidos pela escravidão do clique do mouse. O desaparecimento de minha filha, o drama que me dilacera, não passa de um divertimento para eles, um espetáculo, um objeto de piada e zombaria. Para ser sincera, esse tratamento está longe de ser exclusivo da imprensa sensacionalista ou popular. Mídias supostamente sérias também se esbaldam. Elas gostam, tanto quanto as outras, de rolar na lama com os porcos, só não o admitem. Então, sem uma ponta de vergonha, mascaram seu voyeurismo sob o manto da "investigação" – palavra mágica que justifica todo tipo de fascínio mórbido e assédio.

Essa perseguição me mantém prisioneira, escondida o dia inteiro em meu cubo de vidro do sexto andar. Fantine me convidou várias vezes para me instalar em sua casa, mas sempre penso comigo mesma que se Carrie voltar, ela voltará para cá, *para nossa casa*, para nosso apartamento.

Minha única escapatória é o terraço-jardim do prédio: uma antiga quadra de badminton cercada por bambus e com uma vista de 360 graus para o *skyline* de Manhattan e do Brooklyn. Nele, a cidade parece ao mesmo tempo distante e próxima em seus mínimos detalhes: grades de esgoto cuspindo seus vapores aos quatro ventos, reflexos cambiantes na superfície dos prédios, escadas de emergência que se agarram às fachadas de arenito vermelho.

Subo até lá várias vezes por dia para respirar. Subo inclusive mais alto, usando a escada de ferro que leva ao reservatório de água que abastece o Lancaster. De lá, a vista é vertiginosa. O céu e o vazio disputam minha atenção. E, quando baixo os olhos, sinto a tentação do grande salto que me lembra que nunca, em toda minha vida, fui capaz de tecer qualquer tipo de laço familiar ou de amizade.

Carrie era meu único vínculo com o mundo. Se ela não for encontrada, sei que um dia pularei no vazio. Está escrito em algum lugar no livro do tempo. Todos os dias subo à caixa d'água para saber se chegou a hora. Até agora, o tênue fio da esperança sempre me impediu de passar à ação, mas a ausência se prolonga e temo não conseguir aguentar por muito mais tempo. Os pensamentos mais extremos povoam minha mente. Não há noite em que eu não me acorde em sobressalto, toda suada, sufocando, com o coração palpitando desenfreado. Em minha memória, as imagens de Carrie começam a se turvar. Sinto que ela me escapa. Seu rosto se torna menos nítido, não encontro mais seus trejeitos, a intensidade de seu olhar, as inflexões de sua voz. Por que isso acontece? Por causa do álcool? Dos ansiolíticos? Dos antidepressivos? Não sei. É como se eu a estivesse perdendo pela segunda vez.

Estranhamente, a única pessoa que se preocupa comigo é Mark Rutelli. Faz três meses que o policial se aposentou e, desde então, vem me ver no mínimo uma vez por semana, para me manter a par de sua contrainvestigação, que por enquanto está em ponto morto.

Também tenho minha editora, Fantine.

3.

– Insisto, Flora: você precisa sair daqui.

São quatro horas da tarde. Sentada num dos banquinhos altos da cozinha, com uma xícara de chá na mão, Fantine de Vilatte tenta pela enésima vez me convencer a me mudar.

– Você pode se reconstruir em outro lugar.

Ela usa um vestido envelope com estampa floral, uma jaqueta preta e botas de salto alto de couro alaranjado. Presos em coque por uma presilha larga ornada de pérolas, seus cabelos castanhos refletem intensamente a luz outonal.

Quanto mais olho para ela, mais tenho a impressão de estar na frente de um espelho. Em poucos anos, o sucesso da editora transformou Fantine. Outrora tão reservada e insignificante, ela se tornou confiante e sedutora. Agora, durante as conversas, mais fala do que escuta e tolera cada vez menos que alguém se oponha a ela. Pouco a pouco, tornou-se outra versão de mim mesma. Ela se veste como eu, imita meus gestos, minhas piadas, minhas expressões, a maneira como coloco uma mecha de cabelo atrás da orelha. Fantine tatuou uma discreta faixa de Moebius no pescoço, do lado direito, no mesmo lugar da minha. Quanto mais eu definho, mais ela floresce; quanto mais eu me apago, mais ela brilha.

Conheci Fantine em Paris, há sete anos, nos jardins do Hotel Salomon de Rothschild durante o lançamento francês do novo romance de uma estrela da literatura americana.

Eu deixara Nova York alguns meses antes para percorrer a Europa e financiava minha viagem com pequenos bicos. Naquela noite, servia taças de champanhe aos convidados. Na época, Fantine era assistente da assistente da diretora literária de uma grande editora. Em outras palavras, ninguém. Fantine era transparente, as pessoas esbarravam nela sem vê-la. Uma Mulher Invisível que pedia desculpas por existir e não sabia o que fazer com seu corpo e seu olhar.

Eu era a única que a enxergava. Porque tenho uma alma de romancista. Porque esse é meu forte, talvez meu único talento, o que sei fazer melhor que os outros, pelo menos: captar nas pessoas algo que elas ignoram sobre si mesmas. Como ela era bilíngue, trocamos algumas palavras. Percebi um sentimento ambivalente vindo dela: ódio do meio que frequentava e raiva de fazer parte dele. Reconheço que ela também percebeu algo em mim e que me senti bem a seu lado. O suficiente para lhe dizer que estava acabando de escrever um romance. Um romance coral intitulado *A garota no Labirinto*, que colocava em cena vários nova-iorquinos que se cruzavam num bar da Bowery no dia 10 de setembro de 2001.

– Labirinto é o nome do bar – expliquei para ela.

– Prometa-me que serei a primeira a quem enviará seu romance!

Algumas semanas depois, enviei-lhe por e-mail o manuscrito que concluí ao voltar para Nova York. Por dez dias, não recebi resposta ou confirmação de recebimento. Então, numa tarde de setembro, Fantine tocou a campainha de meu apartamento. Na época, eu morava numa quitinete minúscula em Hell's Kitchen. Um prédio caindo aos pedaços da 11th Avenue, mas com uma vista incrível do Hudson e da costa de New Jersey. A aparência de Fantine naquele dia ficou gravada em minha memória: impermeável bege, óculos de solteirona comportada e pasta de executiva. Sem rodeios, ela me disse que tinha adorado *A garota no Labirinto* e que queria publicá-lo, mas não pela editora para a qual trabalhava: queria abrir sua *própria* editora, um lugar ideal e sob medida para a publicação de meu romance. Comuniquei-lhe meu ceticismo, ela tirou da pasta um envelope com um pedido de empréstimo bancário que acabara de ser aprovado. "Tenho meios para lançar meu negócio, Flora. E foi seu texto que me deu forças para isso." Depois, com os olhos úmidos, acrescentou: "Se confiar em mim, lutarei até meu último suspiro por seu livro". Como eu tinha a impressão de que meu livro era eu, ouvi: "Lutarei até meu último suspiro por VOCÊ". Era a primeira vez que alguém me dizia isso e acreditei em sua sinceridade. Cedi-lhe os direitos internacionais de meu romance.

Fantine manteve sua palavra e lutou de corpo e alma por meu livro. Menos de um mês depois, na feira de Frankfurt, os direitos de *A garota no Labirinto* foram vendidos para mais de vinte países. Nos Estados Unidos, o romance foi publicado pela Knopf com uma quarta capa em que Mario Vargas Llosa garantia que o romance era "talhado na mesma rocha" de sua obra-prima, *Conversa no Catedral*. A principal crítica das páginas literárias do *New York Times*, a temida Michiko Kakutani, disse que o romance tinha "uma escrita crua e audaciosa" e colocava em cena "fragmentos de vida que pintavam um quadro comovente de um mundo que chegava ao fim".

A máquina entrou em movimento. Todo mundo lia *A garota no Labirinto*. Não necessariamente pelas boas razões e muitas vezes passando totalmente ao largo do livro. O mecanismo inerente ao sucesso.

Outra tirada de gênio de Fantine foi organizar meu isolamento midiático. Em vez de lamentar minha recusa de aparecer em público, ela a transformou em argumento comercial, distribuindo uma única foto minha – um retrato em preto e branco vagamente misterioso no qual eu lembrava Veronica Lake. Eu dava entrevistas por e-mail a jornalistas com quem eu nunca me encontrava, recusava sessões de autógrafos em livrarias e conferências em universidades e bibliotecas. Num momento em que muitos escritores começavam a exibir suas vidas privadas ou a se perder em debates sem fim nas redes sociais, o ascetismo midiático me singularizava. Eu era apresentada em todos os artigos como a "discretíssima" ou "misteriosíssima" Flora Conway. E isso me convinha.

Escrevi um segundo romance, depois um terceiro, que me valeu um prêmio literário. Graças a esse sucesso, a editora Vilatte, com sede em Paris, adquiriu credibilidade internacional. Fantine publicava outros autores. Alguns tentavam escrever como Flora Conway e outros tentavam escrever de maneira absolutamente diferente de Flora Conway, mas todo mundo se posicionava *em relação* a mim. E isso também me convinha. Em Paris, todo o círculo de Saint-Germain-des-Prés adorava "Fantine". Fantine que publicava "literatura exigente", Fantine que defendia os pequenos livreiros, Fantine que defendia seus autores, Fantine, Fantine, Fantine...

Esse é o grande mal-entendido entre nós: Fantine de fato acredita que me "descobriu". Ela chega a dizer "nossos livros" ao falar de *meus* romances. Imagino que cedo ou tarde os escritores sempre cheguem a esse ponto com os editores. Mas, sejamos honestos, quem paga por seus apartamentos em Saint-Germain-des-Prés, suas casas de verão em Cape Cod, seus aluguéis no Soho?

Quando engravidei de Carrie, pela primeira vez a vida me pareceu mais interessante do que a escrita. Essa impressão continuou depois do parto. Depois dele, a "vida real" monopolizava minha atenção, pois eu tinha um papel mais ativo a desempenhar. Eu sentia menos necessidade de me manter fora da realidade.

Quando Carrie festejou o primeiro aniversário, Fantine me comunicou sua preocupação quanto ao progresso de meu próximo texto. Eu não disse que nunca mais haveria outros romances, mas que faria uma pausa bem longa.

– Você não pode desperdiçar seu talento por causa de uma fedelha! – ela se exaltou.

Respondi que minha decisão estava tomada. Que as prioridades de minha vida tinham mudado e que eu queria dirigir minhas energias para minha filha e não para meus livros.

E isso Fantine não tolerava.

4.

– Para escapar desse buraco negro, você precisa voltar a escrever.

Fantine coloca a xícara de chá em cima da mesa e dá de ombros, explicando suas palavras.

— Você ainda tem três ou quatro grandes livros dentro de você. Meu trabalho é ajudá-la a colocá-los para fora.

Insensível a meu sofrimento, ela tinha virado a página do desaparecimento de Carrie há muito tempo e não se dava nem o trabalho de fingir.

— Mas como você quer que eu escreva? Sou uma ferida aberta. Acordo todos os dias com vontade de me atirar no vazio.

Fujo para a sala, mas ela me segue.

— Justamente, você precisa escrever sobre isso. Vários artistas já perderam um filho, isso não os impediu de criar.

Fantine não entende. Perder um filho não é o tipo de sofrimento que podemos considerar uma provação capaz de nos tornar mais fortes. É um sofrimento que nos dilacera. E que nos deixa caídos no campo de batalha sem esperança de que nosso ferimento um dia possa ser curado. Mas sei que ela não quer ouvir esse tipo de coisa e prefiro tentar acabar com a conversa.

— Você não tem filhos, então não tem o direito de falar.

— É o que estou dizendo: sua fala interessa, não a minha. Em gêneros muito variados, obras-primas foram escritas sob grande dor.

Na contraluz, seu perfil se delineia diante da porta de vidro, enquanto ela começa a enumerar:

— Hugo escreveu *Demain dès l'aube* pouco depois da morte da filha, Duras escreveu *A dor* com os cadernos que preenchera durante a guerra, Styron escreveu *Visível escuridão* depois de sair de uma depressão de cinco anos, e...

— Pare!

— A escrita foi sua tábua de salvação — ela argumenta. — Sem seus livros, ainda estaria servindo bêbados no Labirinto ou qualquer outro lugar. Você seria a mesma mulher que era antes de me procurar: uma garota perdida, uma punk de merda que...

— Não reescreva a história, foi *você* que me procurou!

Conheço a técnica de Fantine: bater para fazer algo acontecer dentro de mim. Funcionou por uma época, agora não mais.

— Flora, ouça bem. Você chegou aonde sempre quis chegar. Lembre-se de quando tinha catorze anos, na biblioteca municipal de

Cardiff, onde lia George Eliot e Katherine Mansfield. Você sonhava em se tornar o que se tornou: a misteriosa romancista Flora Conway, com livros esperados no mundo inteiro por seus leitores.

Cansada de suas palavras, deixo-me cair no sofá. De pé à frente de minha biblioteca, Fantine busca algo nas prateleiras. Ela finalmente encontra o que estava procurando: um velho exemplar da *New Yorker* com uma entrevista minha.

– Você mesma diz isso nessa entrevista: "A ficção me permite manter o mal à distância. Se eu não tivesse criado meu mundo, com certeza estaria morta no dos outros".

– Devo ter roubado essa frase dos diários de Anaïs Nin.

– Não importa. Querendo ou não, você vai acabar voltando a escrever. Porque não consegue ficar sem fazê-lo. Logo voltará a seu pequeno ritual: fechar todas as cortinas, ligar o ar-condicionado no máximo. Você ouvirá seus horríveis discos de jazz, voltará a fumar como uma chaminé e...

– Não.

– Não é assim que funciona, Flora. Os livros é que decidem ser escritos, não o contrário.

Às vezes tenho a impressão de que Fantine não existe de verdade. Que ela é apenas uma voz dentro de minha cabeça, como o Grilo Falante ou o Mr. Hyde, um turbilhão de pensamentos provocadores ou contraditórios. Como não reajo, ela volta ao ataque:

– A dor é o melhor combustível para o escritor. Um dia você talvez diga que o sumiço de Carrie foi uma bênção.

Fico sem reação. Estou quase apagada, a ponto de não sentir nem mesmo raiva. A única coisa que consigo dizer é:

– Quero que saia daqui.

– Vou embora, mas antes tenho uma surpresa para você.

Ela tira uma caixinha de sua bolsa Phantom de couro granulado.

– Pode ficar. Não gosto de suas surpresas.

Ignorando minhas palavras, ela coloca o presente em cima da mesa.

– O que é isso?

– O início da solução – ela responde, saindo da sala e batendo a porta.

3
O 36º subsolo

Alimente em si mesmo a embriaguez da escrita, e o poder destruidor da realidade não terá alcance sobre você.

RAY BRADBURY

1.

O problema, agora, era que Fantine me colocara a maldita ideia de fumar na cabeça e eu estava morrendo de vontade de um cigarro. Na cozinha, encontrei o maço que eu tinha colocado no alto de uma estante, justamente para enfrentar momentos como aquele.

Acendi o cigarro e dei três tragadas ansiosas antes de me aproximar da mesa para examinar o "presente" de Fantine – que eu já imaginava desagradável. Era uma caixa quadrada de dez centímetros de altura, em madeira marrom. Em sua superfície brilhante e salpicada brilhavam reflexos vermelhos inflamados que lembravam uma pele de serpente. Adivinhei o que continha antes mesmo de abrir: uma caneta de luxo. Fantine tinha uma visão romântica do ato de escrever. Ela realmente pensava que eu escrevia meus rascunhos com canetas Caran d'Ache em cadernos Moleskine comprados na Christopher Street. Então costumava me dar canetas caríssimas para comemorar o lançamento de um livro ou uma nova tradução.

Mas, minha cara, não é assim que funciona.

Embora antes de começar a escrever um romance eu preenchesse centenas de páginas de anotações, era geralmente com canetas

Bic Cristal e blocos de 99 centavos comprados no mercadinho da esquina. Somente nos filmes ou nas propagandas os romancistas escrevem com canetas Montblanc do tamanho de um antebraço.

Abri a caixa. Ela continha uma caneta-tinteiro vintage e um frasco de tinta. Um lindíssimo modelo Dunhill Namiki que devia datar dos anos 1930, com a pena de ouro e corpo preto laqueado decorado com motivos japoneses em nácar, folha de ouro e casca de ovo. Perto da pena ondulavam arabescos em forma de onda que, na altura do reservatório, davam lugar a galhos entrelaçados de cerejeira em flor. As famosas *sakura*, símbolo da fragilidade de nossas vidas.

Tirei a caneta da caixa. Era um belo objeto – uma verdadeira obra de arte, inclusive –, mas completamente datado. Imaginei Zelda Fitzgerald ou Colette escrevendo com uma coisa daquelas, beliscando chocolates – ou melhor, bebericando gim ou vodca. No corpo da caneta havia uma lingueta nacarada. Puxei o lacre e mergulhei a pena no frasco para encher o reservatório. A tinta tinha um tom acobreado e uma consistência espessa.

Levei a caneta para a mesa da cozinha. Por alguns segundos pensei em fazer um chá, mas eu sabia muito bem que pegaria uma das garrafas de Meursault que dormiam na adega. Servi-me uma taça que degustei em pequenos goles enquanto procurava um caderno escolar onde havia começado – há muito tempo – a escrever algumas receitas. Encontrei-o entre os utensílios do forno. Folheando suas páginas, constatei que minhas veleidades culinárias não tinham ido além da receita de *crêpe Suzette* e *gratin dauphinois*. Abri a tampa e desenhei minha assinatura numa página em branco para testar a caneta. Ela deslizou no papel. O traçado era macio, fluido, a quantidade de tinta que saía não era nem excessiva nem escassa demais.

2.

"Detesto a literatura de consolação", eu costumava afirmar em minhas entrevistas. E acrescentava: "Nunca acreditei que a literatura precise ter a função de consertar ou corrigir o mundo. E acima de tudo não escrevo para que meus leitores se sintam melhor depois de ler meus livros".

Eu dizia isso porque era o que esperavam de mim. Ou melhor: era o que esperavam do personagem Flora Conway, que eu construíra com Fantine. Era o que esperavam de uma escritora supostamente séria: que ela defendesse o ideal de uma escrita estética, intelectual, sem outro objetivo além da forma. Que ela se pavoneasse sob a máxima de Oscar Wilde: "Os livros são bem escritos ou mal escritos, e só".

Na verdade, eu não acreditava em nada disso. Sempre pensara o contrário, inclusive: que a grande força da ficção reside no poder que ela nos confere para nos subtrairmos do real ou aliviarmos as feridas abertas pela violência circundante. Olhei para a Dunhill Namiki. Por muito tempo, acreditei firmemente que uma caneta era uma espécie de varinha mágica. De verdade. Sem falsa ingenuidade. Porque ela funcionava como uma para mim. As palavras eram como peças de Lego. Encaixando-as, eu pacientemente construía um mundo alternativo. Em minha mesa de trabalho, eu era a rainha de um universo que girava mais ou menos segundo minha vontade. Eu tinha direito de vida e morte sobre meus personagens. Eu podia trucidar os imbecis, recompensar os mais merecedores, julgar segundo minha moral do momento sem nunca precisar me justificar. Eu publicara três livros, mas tinha mais dez em gestação dentro de mim. E esse número representava um mundo ficcional onde eu passava quase tanto tempo quanto na realidade.

Mas esse mundo estava inacessível para mim. Minha varinha mágica não passava de um acessório sem valor que não podia nada contra a ausência de uma garotinha de três anos. A realidade se impusera dolorosamente, fazendo-me pagar por minhas tentativas de emancipação.

Bebi uma taça, depois outra. Álcool e benzodiazepínicos: o melhor coquetel para capotar.

O cansaço e o estresse cobriram meus olhos com sua escuridão. *Um dia você talvez diga que o sumiço de Carrie foi uma bênção.* As obscenas palavras de Fantine ecoaram em minha mente. Agora que eu estava sozinha, não tentei conter minhas lágrimas. Como Fantine ousava pensar que eu poderia voltar a trabalhar num estalar de dedos? Escrever exige uma energia fora do comum. Força física e mental.

E meu barco se enchia de água por todos os lados. Escrever um romance envolve descer para as profundezas de si mesmo. Para um lugar escuro que chamo de 36º subsolo. É nele que moram as ideias mais audaciosas, os *insights*, a alma dos personagens, a chama da criatividade. Mas o 36º subsolo é um território hostil. Para enfrentar seus guardas e voltar ilesa da viagem, faltavam-me os recursos necessários. Eu sentia uma dor sem fim que me queimava por dentro da manhã à noite. Eu não conseguia escrever, eu não queria escrever. Eu só queria uma coisa: rever minha filha. Mesmo que pela última vez.

E foi isso que escrevi, como um mantra, com a caneta-tinteiro, no pequeno caderno de receitas:

Preciso rever Carrie.
Preciso rever Carrie.
Preciso rever Carrie.

Uma última taça de vinho. Naquela noite, mais que em outras, senti-me totalmente desamparada. À beira da loucura e do suicídio. Mesmo assim, tentei caminhar até meu quarto, cambaleando, mas acabei desmoronando, como que derrotada, no chão da cozinha.

Fechei os olhos e a noite me aspirou em seu vórtice. Flutuei num céu acinzentado. Nuvens escuras se desfizeram a meu redor. Então, varrida pela bruma, avistei a porta de um elevador. Dentro dele, um único botão. Um único destino: o 36º subsolo.

3.

E de repente, Carrie apareceu. Viva.

Num dia de inverno ensolarado na pracinha do McCarren Park, ao lado da escola dela.

– Olhe, mamãe, lá vou eu! – ela me avisou do alto do escorregador logo antes de deslizar pelo plano inclinado.

Recebi-a de braços abertos e meu estômago deu um nó. Aspirei seus cabelos e o calor de seu pescoço. Inebriei-me de seu cheiro e de suas gargalhadas quando a beijei.

– Quer um sorvete?
– Está frio demais! Prefiro um cachorro-quente!
– Muito bem.
– Vamos! Agora! – ela gritou aos quatro ventos.

A cena era difícil de datar com exatidão, mas ainda se percebia um pouco de neve sobre os gramados que se estendiam à frente da Catedral da Transfiguração. Devia ser janeiro ou fevereiro passado. Segui Carrie até o carrinho do cachorro-quente e pedi um, que ela devorou se sacudindo ao ritmo de um reggae antigo que saía da caixa de som que um grupo de skatistas colocara sobre as escadas de concreto. Contemplei-a dançando com sua saia escocesa, meia-calça preta, casaco azul-marinho e touca peruana. Redescobri sua alegria, sua energia e sua comunicativa alegria de viver, que tinham me transformado, e me deixei levar pelo turbilhão da vida.

4.

Abri os olhos um pouco antes das sete horas. Embora meu sono tivesse sido pesado e turvo, a noite passara como um sopro. Uma noite leve em que Carrie me visitara em sonho num luxo de detalhes, cheiros e sensações.

O despertar foi difícil. Meu rosto e meu peito estavam molhados de suor, meus braços e pernas estavam duros. Arrastei-me com dificuldade até o banheiro e fiquei um bom tempo sob o jato escaldante da ducha. O sangue pulsava em minhas têmporas. Minha respiração estava curta e um refluxo ácido me queimava o estômago.

Imagens de Carrie incrivelmente precisas se precipitavam dentro de minha cabeça e turvavam minha visão. O que acontecera durante a noite? Eu nunca tivera sonhos daquele tipo. Pela simples e boa razão de que o que vivera não fora um sonho. Mas *outra coisa*. Uma representação mental tecida com fios capazes de reproduzir exatamente uma lembrança. Uma realidade *mais real* que a realidade. Quanto tempo durara aquela ilusão? Alguns minutos ou algumas horas? Teria ocorrido graças à caneta dada por Fantine? No fundo, pouco importava. O essencial era que, por alguns momentos, eu reencontrara minha filha. Um reencontro breve e artificial, mas que me fizera mais bem do que mal.

Saí da ducha batendo os dentes. Sentia dor no corpo todo. Nas costelas, nas costas, na cabeça. Voltei ao quarto e fiquei a manhã inteira embaixo das cobertas, repassando o filme da véspera. Depois, ainda na cama, liguei o laptop para fazer uma pesquisa sobre a caneta.

Fabricada no Japão, as Namiki eram vendidas na França e na Grã-Bretanha dos anos 1920 por Alfred Dunhill. O empreendedor inglês se apaixonara pela beleza das criações da fábrica japonesa, que tivera a ideia genial de revestir as tradicionais canetas de ebonite com uma resina recém-colhida, retirada de arbustos derrubados para serem substituídos por mais jovens. Esse processo artesanal, combinado à complexidade de decorações em madrepérola e folha de ouro, tornava cada caneta "única e mágica", segundo as propagandas da época.

Arranquei-me da cama no meio da tarde, quando Mark Rutelli me fez sua visita semanal. Todas as segundas-feiras, costumávamos conversar em minha cozinha comendo *blintzes* de batata e queijo, que ele comprava na mercearia kosher Hatzlacha, do bairro judeu de Williamsburg. O ex-policial fizera apurações minuciosas, principalmente sobre Hassan, o homem que passara uma parte da noite comigo na véspera do desaparecimento de Carrie, e sobre Amelita Diaz, a babá filipina que a agência enviara para ficar com minha filha. Embora até o momento os relatórios de sua contrainvestigação sempre fossem decepcionantes, Rutelli tinha ao menos o mérito de não desistir e, ao contrário dos outros investigadores, nunca acreditara em qualquer responsabilidade minha no desaparecimento de Carrie.

Naquela tarde, percebi imediatamente por seu rosto que surgira algo novo. Ele estava desalinhado, seus cabelos estavam despenteados como se ele tivesse dormido no carro, mas seus olhos fundos brilhavam mais do que o normal.

– Descobriu alguma coisa, Mark?

– Não se empolgue, Flora – ele aconselhou, sentando-se num dos bancos da cozinha.

Ele se livrou lentamente do blusão e do coldre, colocando-os a seu lado sobre a mesa. Apesar dos esforços para se manter impassível, ele parecia diferente. Embora não tivesse trazido *blintzes*, servi-lhe o resto do vinho da véspera e sentei a seu lado.

— Vou ser sincero com a senhora — ele avisou, abrindo uma pasta de couro surrado. — Já contei a Perlman, o supervisor do FBI, o que vou lhe contar.

Uma dor lancinante me dilacerou o peito, como se tivessem acabado de enfiar uma estaca em meu coração.

— O que descobriu, Rutelli? Fale logo, pelo amor de Deus!

Ele tirou da pasta um velho laptop e um dossiê.

— Preciso explicar tudo desde o início.

Fiquei tão nervosa que peguei a taça de vinho e tomei metade de uma só vez. O ex-policial olhou para mim franzindo o cenho e tirou várias fotografias do dossiê.

— Nunca contei para a senhora, mas faz algumas semanas que sigo de perto sua editora — ele explicou, dispondo à minha frente imagens capturadas com teleobjetiva.

— Fantine? Mas por quê?

— Por que não? Ela faz parte de seu círculo mais próximo e costumava ficar com Carrie...

Olhei para as fotos. Fantine nas ruas do Greenwich Village, Fantine saindo de seu apartamento no Soho, Fantine no mercado da Union Square, Fantine admirando bolsas na vitrine da Celine da Prince Street. Fantine sempre impecável.

— O que descobriu?

— Pouca coisa — reconheceu Rutelli. — Ao menos até ontem ao meio-dia.

Ele me mostrou as duas últimas imagens. Vi Fantine de óculos de sol, usando jeans e blazer, atrás da vitrine do que devia ser um antiquário ou sebo especializado em livros antigos.

— Esta é a The Writer Shop, uma loja do East Village.

— Nunca ouvi falar.

— Fantine comprou uma caneta.

Expliquei ao policial que devia ser a Dunhill Namiki que ela me dera na véspera, para me recolocar nos trilhos. Muito interessado, ele pediu para vê-la. Mostrei-lhe a caneta sem mencionar o sonho da noite anterior. Não quis passar por uma louca aos olhos de meu único apoiador.

– A senhora precisa saber algo sobre essa caneta – retomou o policial. – Dizem que pertenceu a Virginia Woolf.

– Qual a relação disso com minha filha?

– Vou chegar lá. The Writer Shop é uma loja especializada em relíquias e objetos pessoais de escritores famosos – explicou Rutelli, entrando no site da loja. – Por quantias exorbitantes podemos comprar um cachimbo de Simenon ou a espingarda com que Hemingway estourou os miolos.

Dei de ombros.

– Típico de nossa época. Existem cada vez menos leitores de verdade. As pessoas não se interessam mais pela obra, mas pelo artista. Por sua vida, aparência, passado, aventuras amorosas, as asneiras que posta nas redes sociais. Tudo menos a leitura.

– Essa loja me intrigou – continuou o policial. – Então investiguei um pouco. Fui visitá-la e me fiz passar por um colecionador, depois entrei em contato várias vezes por e-mail.

Ele abriu sua caixa de e-mails e virou a tela na minha direção.

– Veja o que o proprietário me respondeu.

5.

```
De: The Writer Shop – East Village
Para: Mark Rutelli
Assunto: Excerto de nosso catálogo

Caro Senhor,

Em resposta a seu pedido, queira encontrar
em anexo uma lista de objetos disponíveis
para venda e não disponibilizados em nosso
```

```
site. Conto com sua discrição e mantenho-me
à disposição para maiores informações.

Atenciosamente,
Shatan Bogat, diretor
```

Donatien Alphonse François de Sade (1740-1814)
<u>Duas paisagens italianas</u> do pintor Jean-Baptiste Tierce pertencentes ao Marquês e representando o cenário em ruínas de algumas orgias descritas em *História de Juliette, ou as prosperidades do vício*.

Honoré de Balzac (1799-1850)
<u>Cafeteira de porcelana de Limoges</u> com as iniciais H.B., que pertenceu ao autor de *A comédia humana*. Essa cafeteira foi uma grande aliada de Balzac – o escritor chegava a beber até 50 xícaras de café cotidianamente e às vezes escrevia por mais de 18 horas por dia. O abuso de cafeína é utilizado por alguns para explicar sua morte precoce aos 51 anos.

Knut Hamsun (1859-1952)
<u>Fotografia</u> do prêmio Nobel de literatura de 1920 na companhia do chanceler Adolf Hitler.

Marcel Proust (1871-1922)
<u>No caminho de Swann</u>. Paris, Bernard Grasset, 1914.
Edição original (1/5) sobre papel Japão imperial que pertenceu à sra. Céleste Albaret.
O livro está encadernado com o tecido de cetim azul da colcha do quarto em que Marcel Proust passava a maior parte do tempo no fim da vida.

Virginia Woolf (1882-1941)
<u>Caneta em laca preta</u> da marca Dunhill Namiki decorada com motivos japoneses. Oferecida à autora de *Mrs. Dalloway* em 1929 por sua amiga e amante Vita Sackville-West acompanhada de uma mensagem, "Por favor, em toda essa desordem da vida, continue sendo uma estrela fixa e brilhante", e de um frasco de sua "tinta mágica". Virginia a utilizou na escrita do romance *Orlando*.

James Joyce (1882-1941)
Rascunho de uma de suas *Dirty Letters*, por muito tempo censuradas, enviadas à sua mulher Nora em 1909.

Albert Cohen (1895-1981)
Chambre de seda vermelha e bolinhas pretas usado na escrita de *Ó vocês, irmãos humanos*.

Vladimir Nabokov (1899-1977)
Três doses de morfina injetável (20 mg/ml) que pertenceram a Nabokov.

Jean-Paul Sartre (1905-1980)
Pó de mescalina e seringa. Utilizados pelo filósofo francês para estimular sua imaginação durante a escrita da peça *Os sequestrados de Altona*.

Simone de Beauvoir (1908-1986)
Turbante azul mesclado de lã de alpaca que pertenceu a Simone de Beauvoir.

William S. Burroughs (1914-1997)
*Revólver calibre .38
Arma com que, em 6 de setembro de 1951, Burroughs matou a esposa, Joan Vollmer Adams. Durante uma noite de bebedeira no México, querendo mostrar sua capacidade no tiro e repetir o feito de Guilherme Tell, o escritor americano pediu à mulher que colocasse uma taça de champanhe na cabeça, atirou em sua direção e errou o alvo.
*Cigarro de maconha encontrado no bolso do casaco de Burroughs quando de sua morte por ataque cardíaco em 2 de agosto de 1997.

Roald Dahl (1916-1990)
Barra de chocolate da marca Cadbury que pertenceu a Dahl e o inspirou a escrever *A fantástica fábrica de chocolate*.

Truman Capote (1924-1984)
Urna funerária contendo as cinzas do autor de *Bonequinha de luxo*.

George R. R. Martin (1948-)
Computador Osborne com o software de texto Wordstar no qual foi escrito o primeiro volume de *Game of Thrones*.

Nathan Fawles (1964-)
Máquina de escrever verde pistache de baquelite da marca Olivetti utilizada para a redação de *Uma pequena cidade americana*, romance pelo qual Fawles obteve o prêmio Pulitzer em 1995. (Vem com dois rolos de tinta.)

Romain Ozorski (1965-)
Relógio Patek Philippe, com calendário perpétuo, ref. 3940G, que o autor francês ganhou da mulher quando da publicação do romance *O homem que desaparece*, na primavera de 2005. Gravado no verso: *You are at once both the quiet and the confusion of my heart.*

Tom Boyd (1970-)
Laptop PowerBook 540c, presente da amiga Carole Alvarez, no qual o escritor californiano escreveu os dois primeiros volumes de *A trilogia dos anjos*.

Flora Conway (1971-)
Pantufa rosa de veludo, com pompom. Pé direito. Pertencente à sua filha Carrie, misteriosamente desaparecida em 12 de abril de 2010.

6.

– Quem é o proprietário dessa loja? – perguntei, erguendo os olhos da tela.

– Um certo Shatan Bogat. Um vigarista, várias vezes condenado por falsificação.

– Acredito. E aposto que a maior parte desses objetos é falsa. Como a suposta pantufa de minha filha. Tudo isso é fantasia, Rutelli.

– É o que diz o FBI. Mas Shatan Bogat será interrogado, por via das dúvidas.

Em poucos minutos, a excitação dera lugar ao desânimo. Alarme falso. Foi difícil esconder minha decepção e Rutelli percebeu.

— Tenho que ir, Flora. Sinto muito ter trazido falsas esperanças.

Eu disse que tudo bem e agradeci por seus esforços. Antes de sair, ele insistiu para que eu lhe emprestasse a "caneta de Virginia Woolf": queria "enviá-la para análise".

Quando me vi sozinha de novo, senti vontade de desaparecer. De me dissolver. De mergulhar tão fundo que ninguém nunca mais me encontraria. E para isso, dei início ao mesmo ritual de *shutdown* da véspera: garrafa de vinho misturada com ansiolíticos. Peguei o caderno escolar e lamentei ter emprestado a caneta para Rutelli, embora eu soubesse muito bem que tudo o que estava acontecendo dentro de minha cabeça era um engano, uma brincadeira de mau gosto que minha mente me pregava. Eu ainda tinha o frasco de tinta. *A tinta mágica*. Abria-a e mergulhei o indicador no líquido de reflexos acastanhados. Com o dedo, rabisquei várias vezes numa página dupla uma mensagem com letras grosseiras.

PRECISO REVER CARRIE
UMA HORA ANTES DO DESAPARECIMENTO

Eu estava tomada por uma espécie de pensamento mágico: a ideia maluca de que aquele ritual poderia me oferecer uma janela para o passado, projetando-me no dia do desaparecimento de minha filha. Sob os efeitos do coquetel soporífico, perambulei pelo apartamento e me atirei na cama. Atrás das janelas, a noite caíra. O quarto e minha mente estavam mergulhados na penumbra. Senti minhas ideias se embaralharem. Eu devaneava. A realidade se retorcia para dar lugar a estranhas imagens. Um ascensorista, como nos grandes hotéis de antigamente, apareceu de repente em meu sonho. Vestido com um paletó vermelho bordado com galões e botões dourados, ele tinha uma cara assustadora, exageradamente alongada, com orelhas disformes e dentes imensos que o faziam parecer um coelho.

— Não importa o que faça, você nunca mudará o fim da história – ele me avisou, abrindo a porta gradeada do elevador.

— Sou escritora – respondi, entrando na cabine. – Eu que decido o fim da história.

– Em seus romances, talvez, mas não na vida real. Os escritores tentam controlar o mundo, mas às vezes o mundo não se deixa controlar.

– Vamos descer mesmo assim, pode ser?

– Para o trigésimo sexto subsolo, não é mesmo? – ele perguntou, fechando as portas.

4
A espingarda de Tchékhov

Tudo se paga na vida, só a morte é gratuita e ainda assim ela nos custa a vida.

Elfriede Jelinek

1.

Era uma tarde bonita, clara e ensolarada, como as que Nova York costuma oferecer na primavera. O hall da escola Montessori do McCarren Park está banhado de sol. Alguns pais esperam no corredor de óculos escuros. De repente, uma porta se abre e vinte crianças entre três e seis anos saem rindo e saltitando. Agarro Carrie no ar e saímos para a rua. Ela está de bom humor, mas se recusa a sentar no carrinho. Insiste em caminhar a meu lado. Como Carrie se detém a cada três passos, levamos quase meia hora para chegar ao Marcello's na esquina da Broadway. Carrie escolhe meticulosamente uma compota e um *cannoli*, que ela engole antes mesmo de chegarmos ao Lancaster.

– Tenho algo para você, minha lindinha – diz Trevor Fuller Jones, nosso novo zelador, quando entramos no lobby.

Ele estende um pirulito de mel e gergelim para Carrie e a faz prometer que não o comeria imediatamente. Depois, diz que ela tem sorte de ter uma mamãe romancista, que deve lhe contar lindas histórias para dormir.

– Para dizer uma coisa dessas, você nunca deve ter folheado um de meus romances.

– É verdade – ele admite –, com o trabalho, não tenho tempo de ler.

– Você precisa tirar tempo para ler, não é a mesma coisa – respondo enquanto as portas do elevador se fecham.

Seguindo nosso ritual diário, pego Carrie no colo para ela apertar no botão do sexto andar, o último. O elevador começa a subir com um rangido metálico que há tempo já não nos assusta.

Assim que entramos no apartamento, Carrie, fiel aos bons hábitos, tira os tênis e coloca as pantufas rosa-claro com pompons macios. Ela me segue até o aparelho de som, espera eu colocar um vinil no toca-discos – o segundo movimento do concerto em sol de Ravel – e aplaude esperando o começo da música. Ela fica alguns minutos agarrada às minhas pernas, esperando que eu acabe de estender a roupa, depois pede para brincarmos de esconde-esconde.

[Estou febril. Sinto que essa dilatação temporal é frágil como uma bolha de sabão. E tenho medo de que essa janela para o passado se feche de repente antes que eu descubra algo novo.]

– Está bem, querida.

– Vá para o quarto e conte até vinte!

Carrie me segue para ver se eu me viro para a parede e fecho os olhos.

– Não vale roubar, mamãe! – ela me adverte antes de ir se esconder.

Com as mãos sobre os olhos, começo a contar em voz alta.

– Um, dois, três...

Ouço o som dos passinhos de Carrie no assoalho. Ela acaba de sair do quarto. Meu coração aperta.

– ...quatro, cinco, seis...

Entre as notas cristalinas do adágio, ouço-a atravessar a sala, empurrar a poltrona Eames que fica de frente para a janela. Langorosa, diáfana, a música tem algo de hipnótico e ameaça me mergulhar num limbo.

– ...sete, oito, nove...

Abro os olhos.

Entro na sala bem na hora em que Carrie vai para o corredor. Não posso perdê-la de vista. Para não a deixar desconfiada, continuo a contar.

– ...dez, onze, doze, treze...

Atravesso a sala. O sol atrás dos arranha-céus difunde uma luz surreal. Um véu luminoso que banha todo o apartamento. Arrisco uma olhada no corredor, sem ser vista.

– ...catorze, quinze, dezesseis...

Com seus bracinhos, Carrie abre a porta da despensa. Mas é impossível! Olhei vinte vezes dentro daquele maldito armário.

– ...dezessete, dezoito, dezenove...

Entro no corredor. A luz inunda o espaço. Aperto os olhos. Meu coração dispara. A verdade está ali, ao alcance da mão. Bem perto.

– Vinte.

Quando abro a porta da despensa, uma cortina de pó dourado turbilhona diante de meus olhos. Uma nuvem âmbar, forte, ofuscante, da qual surge o vulto de um homem-coelho vestido de ascensorista. Quando ele abre sua boca horrorosa, é para me advertir:

– Não importa o que faça, você NUNCA mudará o fim da história!

E cai numa gargalhada atroz.

2.

Acordei num sobressalto, apavorada, o corpo atravessado na cama. O quarto estava um forno. Levantei para desligar a calefação, mas voltei a deitar na mesma hora. Eu estava com a garganta seca, as pálpebras inchadas, e sentia uma pressão nas têmporas. Mais real que a realidade, o pesadelo me deixara cansada e ofegante, como se eu tivesse corrido a noite inteira. Fiquei deitada por quinze minutos, mas em vez de arrefecer, a dor de cabeça aumentou até se tornar insuportável. Forcei-me a levantar para ir ao banheiro e peguei dois comprimidos de diclofenaco, que engoli com vários copos de água. Meu pescoço estava duro e uma espécie de artrite irradiava de meus dedos, que eu friccionava com as palmas da mão. Aquilo não podia continuar.

A campainha insistente do porteiro eletrônico me estourou os tímpanos. Quando apertei no botão, vi surgir na tela o rosto de Trevor, o zelador do Lancaster.

– Os jornalistas voltaram, sra. Conway.

Os canalhas não desistem.

– Que jornalistas?

– A senhora sabe.

Massageei as têmporas para atenuar a dor que pulsava em todo meu crânio.

– Eles querem um depoimento da senhora. O que devo dizer?

– Que se fodam.

Desliguei, procurei meus óculos na sala e olhei pela janela.

Trevor tinha razão. Um grupo de umas vinte pessoas estava parado na calçada na frente do Lancaster. Aves de rapina, ratos, abutres: sempre o mesmo bestiário pouco amigável que voltava a intervalos regulares para matar a fome com o desaparecimento de minha filha. Perguntei-me como as pessoas podiam chegar àquele ponto. Como elas faziam aquele tipo de trabalho todos os dias, o que diziam a si mesmas para ficar com a consciência limpa e o que diziam à noite aos seus filhos para justificar seu emprego.

Por que voltavam justamente naquele dia?

Peguei o celular para ver se recebera alguma mensagem, mas ele estava sem bateria. Quando o conectei ao carregador, constatei que Rutelli tinha esquecido a arma, dentro do coldre, em cima da bancada da cozinha. Desviei o olhar da Glock – armas sempre me apavoraram – e liguei a televisão para zapear pelos canais de notícias.

Não precisei procurar muito:

Os desdobramentos do sumiço da pequena Carrie Conway. O homem de cinquenta anos que foi interrogado à noite acaba de ser solto sem nenhum indiciamento contra sua pessoa. Shatan Bogat, proprietário de um antiquário do bairro East Village, comercializava em sua loja uma pantufa supostamente usada por Carrie Conway no dia de seu desaparecimento. O objeto era uma falsificação e o sr. Bogat alegou ter feito uma piada de mau gosto. De volta ao ponto de partida, portanto, nessa investigação que...

Desliguei a televisão. Eu tinha aguentado dois minutos. De todo modo, não acreditara naquela pista fantasiosa. Quando liguei o celular, ele estava cheio de mensagens de Rutelli, que me pedia para entrar em contato com ele.

– Bom dia, Mark.
– Flora? Eles soltaram Shatan Bogat!
– Já sei – respondi, suspirando. – Acabei de ouvir as notícias. Sabia que esqueceu a arma aqui?

Rutelli ignorou minha observação:
– Eles estão cometendo um erro, Flora! A caneta!
– O que tem a caneta?
– Mandei analisar a caneta por um laboratório particular.
– Já? E?
– O problema não é a caneta...

Eu sabia o que ele acrescentaria: *é a tinta.*
– É a tinta – ele afirmou. – A composição da tinta.
– Qual o problema?

Naquele momento, eu esperava qualquer coisa.
– Ela contém água, corantes, etilenoglicol, mas também... sangue.
– Sangue humano?
– O laboratório é categórico, Flora: o sangue de sua filha.

3.

Uma vertigem.

Uma engrenagem com rodas dentadas que não paravam de me ferir.

Desliguei. Todo meu corpo se crispou. Fiquei sem ar. Eu teria aberto as janelas, mas elas estavam lacradas. Aquilo precisava parar.

A ruminação mental, a errância, as reviravoltas improváveis. A montanha-russa emocional.

Tirei desajeitadamente a arma de Rutelli do coldre e vi que estava carregada. Muitos romancistas conhecem um princípio de dramaturgia, na ficção, chamado de espingarda de Tchékhov: "Se no primeiro ato você disse que havia uma espingarda pendurada na parede", adverte o dramaturgo russo, "então um tiro precisa ser disparado no segundo ou no terceiro ato". E foi exatamente o que senti naquele momento: que alguém colocara aquela arma ali, para que eu a usasse.

Com a Glock na mão, fui para o telhado do prédio, onde fui recebida por um vento revigorante e pelo rumor da cidade, que subia até o céu. Dei alguns passos sobre o *rooftop*. O revestimento sintético da antiga quadra de badminton estava descolando. As floreiras onde Carrie e eu cultivávamos alguns legumes tinham sido tomadas por ervas daninhas.

O ar fresco desobstruiu alguma coisa em meu cérebro e me fez pensar melhor. Eu precisava, naquele momento, deixar meus sentimentos e minha emoção de lado e fazer uso apenas da razão. Desde o início, algo não fechava. A história estava viciada desde a raiz. Se o apartamento estava vedado por dentro, era totalmente irracional que Carrie não tivesse sido encontrada. Era simplesmente *impossível*.

Lembrei da máxima de Conan Doyle: depois que você eliminou o impossível, o que resta, por mais improvável que seja, é necessariamente verdade. Mas como explicar aquilo? Talvez eu sofresse de alguma doença mental, talvez eu estivesse presa a um delírio medicamentoso ou a um coma depois de uma experiência de quase morte. Talvez eu estivesse com amnésia ou Alzheimer precoce. Eu estava disposta a não rejeitar nenhuma hipótese, mas eu sabia que não era aquilo.

O dia nublara, as nuvens se acumulavam. Uma sucessão de rajadas de vento fez tremer a cerca de bambu que circundava o terraço.

Algo me escapava. E não um simples detalhe. Algo muito mais fundamental. Como se desde o início uma cortina de fumaça me impedisse de ver a realidade de frente. Desde o início, sem ficar paranoica, eu frequentemente tinha aquela impressão desagradável de que alguém me observava, ou decidia minhas ações em meu lugar. Era uma sensação difícil de explicar, mas pela primeira vez senti que abria uma fresta na superfície das coisas.

Tentei delimitar o que sentia. De onde vinha a impressão de que minha história já fora escrita? De que eu não influenciava a realidade que me cercava? E, acima de tudo, de que alguém puxava os fios e me manipulava como uma marionete? Era isso, eu estava sendo manipulada.

Mas por quem?

Outra sensação, muito forte, crescia dia após dia: a de ser uma prisioneira. Há quantos meses eu não saía do apartamento? O motivo que eu me dava era a vontade de escapar da perseguição dos jornalistas e de estar em casa caso Carrie reaparecesse, mas essa desculpa não se sustentava. O que *realmente* me impedia de sair?

Uma imagem se formou em minha mente: a alegoria da caverna de Platão. A condição humana nos condena a viver na ignorância, prisioneiros de falsas ideias, encerrados numa caverna, cegados pelas manobras dos manipuladores que projetam na parede à nossa frente sombras ilusórias que consideramos ser a verdade.

Como os homens descritos por Platão, aprisionados no fundo da caverna, eu estava presa em meu apartamento. E, como eles, eu não via o mundo em sua realidade. Eu via vultos em movimento, delineados por um sol enganador. Fragmentos, ecos.

Era isso, eu estava com a visão obstruída.

Agarrei-me com unhas e dentes a essa ideia: alguma coisa ou alguém intencionalmente me fazia ver o mundo de maneira errônea. A realidade era diferente do que eu pensava e, até aquele momento, eu vivia uma mentira.

Qualquer que fosse o preço a pagar, eu precisava rasgar o véu daquela ignorância.

Os rumores da cidade ecoavam cada vez mais alto em meus ouvidos. As buzinas, as sirenes, o estrondo das gruas e das britadeiras dos operários que trabalhavam na construção de um prédio vizinho.

Uma ameaça pairava no ar. Senti medo do que poderia descobrir. O medo dos prisioneiros tirados da caverna, quando eles percebem que a escuridão é confortável e que a luz os faz sofrer.

Eu não tinha mais certeza de nada. "Ninguém pode saber se o mundo é fantástico ou real, e muito menos se existe uma diferença entre sonhar e viver." A frase de Borges me veio à mente e reavivou em mim a impressão de que a realidade não passava de um verniz.

Mais uma vez, senti uma presença muito forte ao meu redor, embora eu soubesse muito bem que estava fisicamente sozinha no terraço. A influência era invisível, exercida por um Outro.

Um marionetista.
Um inimigo.
Um filho da puta.
Um *romancista*.

Ao meu redor, a paisagem familiar começou a tremer levemente. Depois tudo congelou e me pareceu muito mais vivo: as docas dos estaleiros, a alta chaminé de tijolo vermelho da antiga refinaria de açúcar, a imponente passarela de aço da Williamsburg Bridge sobre o East River.

A realidade se impunha, suavemente. Eu era o joguete de um escritor. Eu era um personagem de romance. Por trás de uma máquina de escrever, ou mais provavelmente atrás da tela de um editor de texto, alguém brincava com minha vida.

Eu tinha localizado o inimigo. Conhecia seus ardis, pois exercia a mesma profissão que ele. E isso me dava uma certeza: eu acabara de frustrar seus planos. O marionetista não esperava ser desmascarado e estava enredado nos fios que o ligavam à sua marionete.

Uma imprevista janela acabava de se abrir. A janela de todos os possíveis: aquela que dava meios para mudar o fim da história. Eu precisava encontrar uma maneira de virar o jogo. E para escapar do controle do Outro, minha única opção era fazê-lo entrar no jogo.

Tirei a arma de Rutelli do blusão. Pela primeira vez em muito tempo, tive a impressão de ganhar alguns pontos de liberdade. Senti que a pessoa atrás da tela de seu computador não previra meu gesto. Apesar do que eles dizem, os romancistas não gostam que seus personagens os mantenham com a faca no pescoço.

Encostei o cano da Glock na têmpora.

Mais uma vez, imagens entrecortadas dançaram diante de meus olhos, como se a paisagem a meu redor estivesse se deformando.

Antes que ela desaparecesse de todo, encostei o dedo no gatilho e interpelei o sujeito atrás da tela do computador, gritando:

– VOCÊ TEM TRÊS SEGUNDOS PARA ME IMPEDIR DE FAZER ISSO: UM, DOIS, TR...

UM PERSONAGEM DE ROMANCE

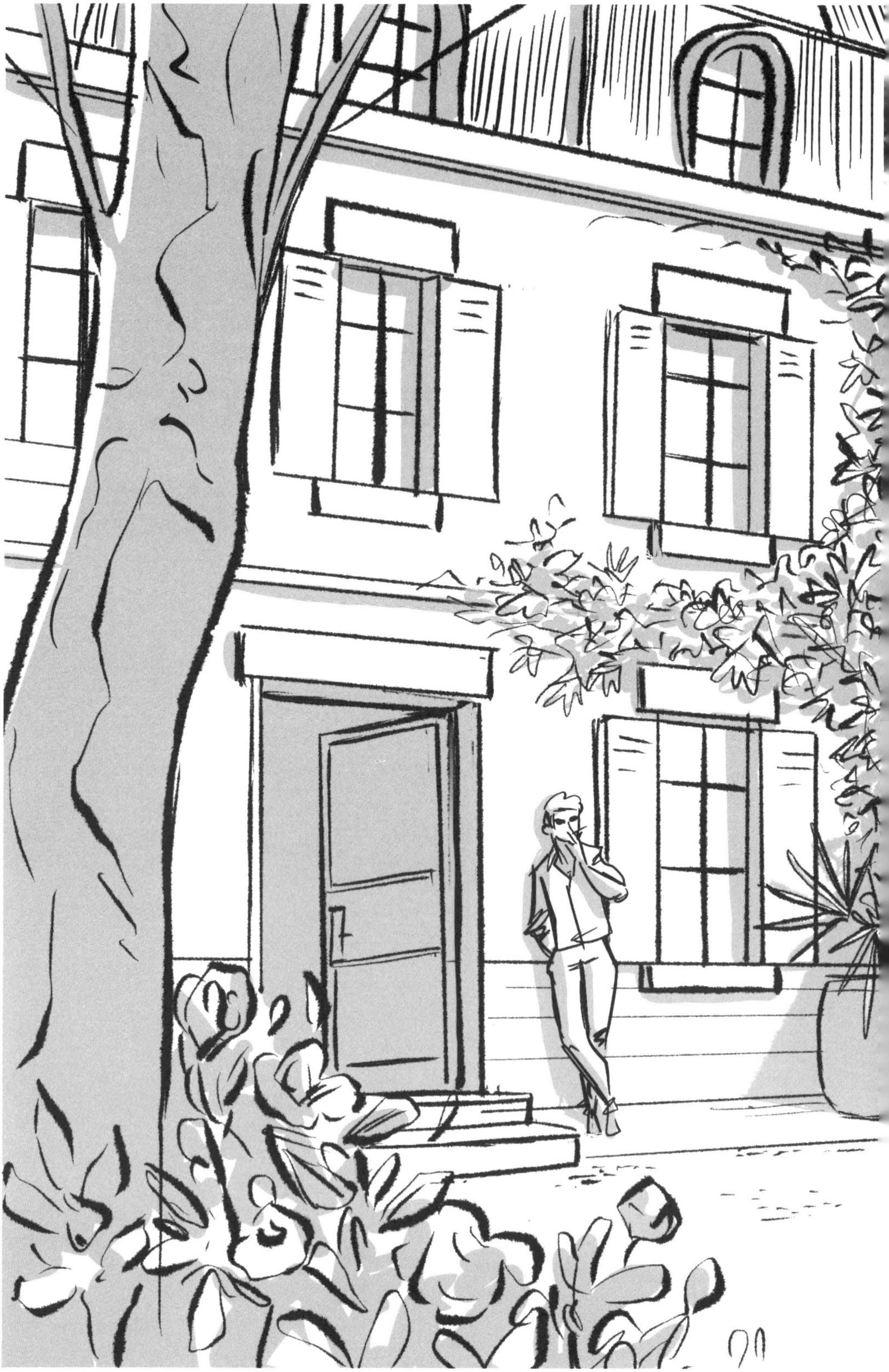

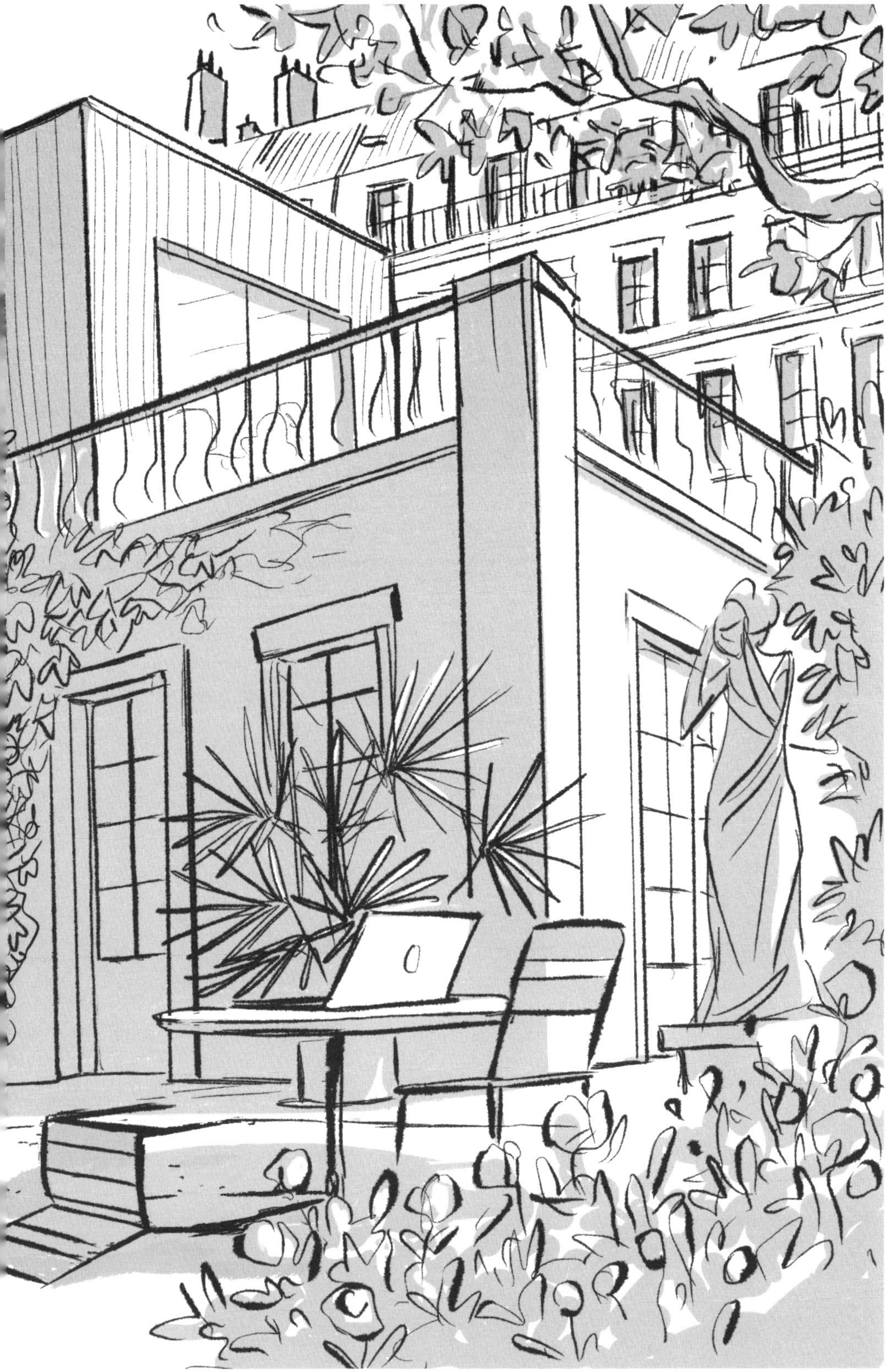

5
A concordância dos tempos

> *Escrever um romance não é muito difícil [...] O que é particularmente árduo é escrever romances de novo e de novo. [...] É preciso dispor de uma capacidade especial, que com certeza é um tanto diferente do simples talento.*
>
> Haruki Murakami

```
Encostei o cano da Glock na têmpora.
Mais uma vez, imagens entrecortadas dança-
ram diante de meus olhos, como se a paisa-
gem a meu redor estivesse se deformando.
Antes que ela desaparecesse de todo, en-
costei o dedo no gatilho e interpelei
o sujeito atrás da tela do computador,
gritando:
— VOCÊ TEM TRÊS SEGUNDOS PARA ME IMPEDIR
DE FAZER ISSO: UM, DOIS, TR...
```

1.

Paris, segunda-feira, 11 de outubro de 2010.

Tomado de pânico, bati a tela do computador com força. Sentado em minha cadeira, com a testa em chamas, fui tomado de calafrios. Meus olhos ardiam e uma dor aguda me paralisava o ombro e o pescoço.

Merda, era a primeira vez que um personagem me interpelava diretamente durante a escrita de um romance!

Me chamo Romain Ozorski. Tenho 45 anos. Escrevo desde sempre. Meu primeiro manuscrito, *Os mensageiros*, foi publicado quando eu tinha 21 anos e ainda era estudante de medicina. Desde então, escrevi dezoito romances, todos best-sellers. Há mais de vinte anos, todas as manhãs, ligo meu computador, abro o editor de texto e abandono a mediocridade do mundo e fujo para minhas vidas paralelas. Escrever nunca foi um lazer para mim. É um envolvimento total. "Uma maneira especial de viver", dizia Flaubert; "É como uma droga", exagerava Lobo Antunes: "Começa-se por puro prazer e acaba-se por organizar a vida como os drogados, em torno do vício".

Trabalho todos os dias, da manhã à noite, sem esperar uma pretensa "inspiração" para começar a escrever. Ao contrário, inclusive: é porque trabalho que a inspiração geralmente acaba aparecendo. Adoro essa disciplina, essa obstinação, essa exigência. Nada é fácil, nada é óbvio. A vertigem está sempre à espreita: nunca sabemos para onde a escrita nos levará.

Com uma média de seis horas de escrita por dia – nivelando por baixo –, eu ultrapassara com folga a marca das 45 mil horas de trabalho. Quarenta e cinco mil horas vivendo com personagens de papel. O que talvez fizesse de mim um "inapto para a vida real" (segundo minha futura ex-mulher), mas também alguém que podia reivindicar conhecer uma área do campo da ficção. O que acabou de ocorrer nunca me acontecera antes. Por mais que eu repetisse em todas as entrevistas que o momento mais excitante da escrita era quando os personagens se autonomizavam e começavam a querer fazer coisas às quais eu não necessariamente os predestinara, nunca pensei que um dia me encontraria naquela situação.

Decidido a não me dar por vencido, reiniciei o editor de texto e fiz uma nova tentativa de continuar a história.

```
Antes que ela desaparecesse de todo, en-
costei o dedo no gatilho e interpelei
o sujeito atrás da tela do computador,
gritando:
— VOCÊ TEM TRÊS SEGUNDOS PARA ME IMPEDIR
DE FAZER ISSO: UM, DOIS, TR...
```

Tentei retomar o fio da história, mas cada piscada do cursor na tela fazia um pequeno corte em minha pupila. Paralisado, senti-me incapaz de enfrentar a situação.

Há duas grandes maneiras de escrever um romance. Por muito tempo, optei pela mais segura. Como um relojoeiro, passava vários meses elaborando um esquema bastante completo. Enchia cadernos e cadernos, com tudo meticulosamente detalhado: o enredo, as reviravoltas, a biografia dos personagens, a documentação. Ao fim desse trabalho preparatório, bastava consultar os cadernos e seguir escrupulosamente o desenrolar da história. Como dizia Giono: "O livro está quase pronto, só falta escrevê-lo". Mas para que escrever uma história se já sabemos como ela vai acabar? Com o passar dos anos, meu método de trabalho acabou mudando. Tentei surpreender a mim mesmo descobrindo a história à medida que a escrevia. Eu adorava a ideia de começar sem conhecer o fim. Era o "método Stephen King", que dizia que as histórias preexistiam a si mesmas. Que eram como fósseis no solo: o romancista precisava desenterrá-las durante a escrita sem saber se encontraria um esqueleto de dinossauro ou de guaxinim.

Era esse o caminho que eu havia escolhido para o novo romance, que tinha o título provisório de *A terceira face do espelho*. Eu partira de uma situação simples (o desaparecimento de uma criança) e permanecera aberto às sugestões de meus personagens. Nem todos são feitos da mesma substância. Alguns são fingidores de primeira, grandes estrelas que se contentam em recitar seus textos sem nos fornecer qualquer tipo de ajuda. Outros, ao contrário, tentam conduzir a dança e nos tirar de nossa trajetória. Dessa vez, porém, aquilo fora longe demais. Flora Conway não apenas se rebelara, ela me desmascarara.

As gotas de chuva tamborilavam nas janelas com um barulho infernal. Fazia três dias que uma gripe violenta me derrubava, com picos de febre e uma tosse que me fazia cuspir os pulmões para fora. Eu passava os dias enrolado numa manta de lã de vicunha que minha mulher esquecera ao me abandonar, alternando entre o sofá da sala e o computador, entre o paracetamol e a vitamina C. Por quinze minutos, fiquei prostrado na cadeira, fixando a tela e pensando nos quatro capítulos que escrevera, mas quanto mais eu tentava, mais a angústia crescia. A imagem de Flora Conway com uma arma me assustava tanto que desisti e me levantei para preparar um café.

2.

Conferi a hora no relógio de parede. Quase quatro da tarde. Eu não podia perder a saída da escola de Théo. Enquanto a cafeteira esquentava, olhei para meu canto de jardim pela janela. O céu estava preto. Chovia a cântaros desde o início da manhã. Um insuportável outono parisiense.

Para completar, a calefação estava estragada e a sala, gelada. Uma enorme goteira no teto e a rede elétrica que caía todos os dias me davam a impressão de viver numa choça. Eu tinha pagado uma fortuna por aquela casa, comprada de um casal de idosos que tinham vivido sessenta anos juntos. Teoricamente, era o lar idílico com o qual eu sempre sonhara para ter filhos. Dois andares iluminados, pátio, não muito longe do Luxemburgo. Mas a casa estava "nas condições originais" e precisava de obras consideráveis que eu não tinha meios de empreender. Nem vontade.

Eu a comprei há um ano, apenas três meses antes de Almine anunciar que estava me deixando. Quando foi embora, minha mulher também anunciou o fim de nossas contas conjuntas e, no momento, eu não podia gastar nenhum centavo sem seu consentimento. Isso paralisava toda minha vida, pois Almine não cooperava. Ela inclusive sentia prazer em recusar todos os meus pedidos, e eu não tinha nem como negociar, nem moeda de troca: muito antes de a bomba explodir, ela tomara o cuidado de transferir para uma conta pessoal o suficiente para cobrir suas despesas até a conclusão de nosso divórcio.

A cada dia eu tomava mais consciência de como sua partida fora cuidadosamente premeditada para me fazer parecer o vilão. Por mais de seis meses antes de anunciar a intenção de se divorciar, Almine enviara para si mesma, quase diariamente, SMS ofensivos escritos de meu telefone, para que acreditassem que eu os enviara. Caminhões de injúrias e ameaças a ela e a nosso filho Théo. Havia de tudo: "idiota", "filha da puta", "vadia", "nunca vou deixá-la ir embora", "vou acabar matando você, você e seu filho", "vou matar você e beijar seu cadáver".

Era esse tipo de coisa que ela e seus advogados tinham vazado para a imprensa. Ingênuo e pouco desconfiado, eu deixava meu celular em qualquer lugar e não trocava a senha havia dez anos. Não percebi nada, já que depois de enviar as mensagens ela tomava o cuidado de apagá-las de meu aparelho. Almine constituíra um banco de mensagens sórdidas utilizadas como provas cabais de minha culpa.

E também havia um vídeo. A cereja do bolo. Trinta segundos que ficaram disponíveis por alguns dias no YouTube – devido a um suposto hackeamento do celular de minha mulher. Nele, eu entrava na cozinha às sete e meia da manhã enquanto Almine e Théo tomavam o café da manhã antes de sair para a escola. Estou de cuecas, visto uma camiseta do Mötley Crüe de higiene duvidosa, tenho uma barba de três semanas e um corte de cabelo "desestruturado". Meus olhos estão cheios de olheiras e inchados, como se eu tivesse acabado de fumar três baseados, um depois do outro. Com uma garrafa de cerveja na mão, abro a geladeira e me irrito porque ela está desligada de novo. O vídeo termina depois de um grande chute que balança o eletrodoméstico e um grito de "porcaria!" que faz meu filho pular na cadeira. Trinta segundos devastadores postados para me fazer parecer um tirano doméstico. Várias centenas de milhares de visualizações antes de ser retirado do ar. Publiquei um texto para me defender e explicar o contexto da filmagem. Na época, eu estava confinado em casa, em pleno período de escrita (por isso o look desleixado). Para o trabalho render mais, eu trocava a noite pelo dia, trabalhava das oito da noite à uma da tarde, e dormia à tarde (por isso a cerveja às sete horas da manhã, horário que correspondia a minha hora do almoço).

Mas minha explicação só servira para me afundar ainda mais. Fazia tempo que vivíamos numa época que proclamara a derrota da palavra escrita. Eu não dominava nem o som nem a imagem e, ao contrário de minha mulher, não entendia nada de redes sociais, *likes* e autopromoção.

Em abril passado, Almine pedira oficialmente o divórcio e, no verão, prestara queixa contra mim por ameaças de violência e assédio. Numa entrevista cheia de mentiras e má-fé, ela explicava que me deixara por causa de minhas "ausências", de meus "acessos de raiva", e afirmava estar "aterrorizada" com as ameaças a nosso filho. No início do outono, fiquei 48 horas sob custódia na delegacia do VI *arrondissement* e tive uma acareação com Almine que não deu em nada. Pude sair sob liberdade condicional, à espera do processo, previsto para o fim do inverno.

Escapei por pouco de uma avaliação psiquiátrica, mas fui proibido de entrar em contato com Almine. E, acima de tudo, o tribunal de família – que precipitou sua decisão sem questionar as fabulações de minha mulher – limitara meu direito de visita "para preservar o bem-estar" de Théo. Em suma: eu podia ver meu filho uma vez por semana, por uma hora, na presença de um assistente social. A decisão a princípio me deixara furioso, depois me mergulhou num abismo de tristeza.

Dezesseis horas tinham se passado. Engoli um café, vesti um impermeável e coloquei um boné de baseball para sair de casa. Ainda chovia torrencialmente. Na Rue Notre-Dame-des-Champs, reinava a algazarra habitual da saída das escolas, amplificada pelo dilúvio e pelas paralisações intermitentes contra a reforma da previdência.

A escola de meu filho ficava a menos de um quilômetro a pé. O paracetamol começava a fazer efeito e eu recuperava um pouco a energia. Eu sabia estar vivendo a maior crise de minha vida. Uma armadilha para a qual eu não me preparara. Incapazes de me defender, meus dois advogados tinham se resignado ao fato de que eu perderia a guarda de meu filho. "A época está contra nós", eles me explicaram, o que me deixara furioso. O que a época tinha a ver com isso? Toda aquela história era uma encenação e uma mentira odiosa. Apenas muito difícil de provar. E eu me sentia sozinho naquela batalha.

3.

Na calçada, desviei dos pedestres, dos carrinhos e dos patinetes, ruminando pela enésima vez o filme de minha vida com Almine. Conheci-a no final de 2000, ano em que vivi seis meses em Londres para escrever o roteiro de uma série de televisão que nunca foi ao ar. Almine Alexander era uma promissora ex-aluna do Royal Ballet que se tornara modelo. Ela sempre se disse "temperamental". No início de nossa relação, essa caraterística tinha seu encanto. Ela trouxe paixão e sabor à minha vida regrada, e mudou por um tempo a rotina artesanal que guiava meus dias. Depois, com o passar do tempo, percebi que o sinônimo de "temperamental" era "instável". Logo perdi a vontade de compartilhar minha vida com uma déspota impulsiva, mas ela não aceitou o rompimento e nosso casamento entrou na clássica montanha-russa das relações sem futuro. Ela engravidou um pouco depois, e a chegada de Théo me fez colocar o sofrimento de lado, pois eu não cogitava não ver meu filho todos os dias e queria que ele crescesse em uma família unida.

Conseguimos nos reconciliar – ao menos foi o que ingenuamente pensei –, ainda que Almine nunca tenha de fato parado com sua litania de críticas. No início, viver com um escritor a divertia, ela gostava de ser minha primeira leitora, de participar um pouco da grande mecânica de criação de uma ficção. Com o tempo, porém, tudo se tornou muito menos divertido. Reconheço de bom grado que na maior parte do tempo eu mergulhava numa espécie de universo paralelo habitado por seres imaginários com problemas que me ocupavam noite e dia.

Minha experiência não ajudava em nada. Por mais que eu tivesse escrito quase vinte romances, eu ainda não tinha uma receita para escrever um livro. Pela simples razão de que não existe uma. A cada vez, eu precisava reaprender tudo. A cada vez, eu me perguntava como tinha feito nas vezes anteriores. A cada vez, eu me via descalço aos pés do Himalaia. A cada vez, era mais difícil extrair algo de mim e transformá-lo em ficção.

A ausência de regras e o fator inesperado, que podia surgir a cada nova página, constituíam todo o tempero e a vertigem da escrita, mas também seu terror. A dúvida e a insegurança que não cessavam de me torturar podiam explicar muitas coisas, mas não justificar a armadilha que Almine me preparara.

Na Avenue de l'Observatoire, na frente do portão da escola, avistei a única aliada que já tive na vida: Kadija Jebabli, a babá de Théo desde que ele era bebê. Kadija era uma franco-marroquina na casa dos cinquenta anos. Na primeira vez que a vi, ela trabalhava como vendedora numa fruteira da Rue de Grenelle. Durante uma conversa, ela me disse que também trabalhava como baby-sitter. Contratei-a por algumas horas e confiei nela imediatamente. Uma semana depois, contratei-a em tempo integral.

Ela era a única que conhecia a verdade. Ela era a única que ainda confiava em mim. Kadija sabia que eu era um bom pai. Testemunha das inúmeras excentricidades de Almine e de seus delírios, ela não acreditava naquelas elucubrações contra mim. Espontaneamente, ela se oferecera para testemunhar a meu favor, mas eu a convenci a não fazer isso. Primeiro porque eu não acreditava que seu testemunho tivesse peso suficiente diante da patifaria da outra parte envolvida. Mas principalmente porque eu queria ter alguém de confiança ao lado de Théo durante minha ausência. Tomar partido equivaleria a uma demissão imediata.

– Boa tarde, Kadija.

– Boa tarde.

Logo percebi que algo não ia bem. Todas as tardes, sem que ninguém soubesse, Kadija me concedia uma hora de conversa com Théo à saída da escola. Uma hora mágica. Que me mantinha vivo e me impedia de naufragar. Naquele dia, porém, seu rosto fechado me fez adivinhar o pior.

– O que houve, Kadija?
– Almine quer viajar para os Estados Unidos.
– Com Théo?

A babá assentiu. Com o celular, ela me mostrou várias fotos que tirara da tela do computador de Almine. No site da Air France, o navegador revelava a compra de três passagens de avião para Nova York, só de ida, no dia 21 de dezembro. No primeiro dia das férias escolares. Uma para ela, uma para Théo e a terceira para uma certa Zoé Domont.

Eu sabia o que aquilo significava. Fazia alguns meses que uma nova fantasia movia Almine: deixar tudo para trás e morar numa comunidade ecológica da Pensilvânia. Tinha sido aquela mulher, Zoé Domont – professora em Lausanne, conhecida dois anos antes em Genebra, durante uma manifestação no Fórum de Davos –, que colocara a ideia em sua cabeça. Eu não tinha nada contra aquilo, a não ser o fato de que me deixaria a seis mil quilômetros e um oceano de distância de meu filho.

A notícia me deu um nó no estômago, mas como Théo tinha acabado de sair da escola e atravessava a rua para vir até nós, fingi um sorriso feliz para não o preocupar.

– Oi, Théo!
– Oi, pai! – ele gritou, saltando em meu pescoço.

Abracei-o longamente, inebriado com o cheiro de seus cabelos e de seu pescoço. Em meio ao cinza daquele dia que chegava ao fim, agarrei-me àquele aroma caloroso e apaziguador. Théo era um garotinho loiro, sempre de bom humor, com olhos claros que fervilhavam atrás de óculos redondos azul-marinho. Para mim, ele era o "invencível verão" em pleno inverno de que falava Camus. Uma injeção de alegria que me lembrava que um único sorriso de meu filho sempre poderia derrubar as paredes de minha tristeza.

– Estou com fome!
– Eu também!

Àquela hora, nosso quartel-general era o *coffee shop* Les Trois Sorcières, na esquina da Avenue de l'Observatoire com a Rue Michelet, mantido por um jovem italiano que todo mundo chamava de Marcello. Era lá que, depois de vê-lo devorar uma compota e um *cannoli* de limão, eu o fazia acabar os deveres escolares. Era a época maravilhosa das primeiras leituras, dos primeiros ditados, das recitações de poemas de Paul Fort, Claude Roy e Jacques Prévert, que falavam de um cavalinho cinza "sob mau tempo" ou do enterro de uma folha morta, "frequentado por dois caracóis".

Depois dos deveres escolares, Théo começou a me demonstrar alguns truques de mágica. Aquela era sua grande paixão nos últimos meses: para ocupá-lo, Kadija lhe mostrara alguns vídeos no celular, de um canal especializado do YouTube, de um certo Gabriel Keyne. Naquele dia, Théo aperfeiçoou o número da moeda que atravessa o fundo de um copo e um truque de cartas bastante espantoso. Encorajado por seus êxitos, tentou um terceiro truque, em que precisava de uma nota de vinte euros emprestada. Com bastante segurança, rasgou a nota no meio, reuniu as duas metades, dobrou-as em dois, e em quatro.

– *Tadá!* – ele anunciou orgulhoso, estendendo-me o quadradinho de papel. – Abra e terá uma surpresa.

Intrigado, obedeci, mas a nota obviamente continuava rasgada.

Meu filho abriu o berreiro. Teve uma verdadeira crise, súbita e violenta. Quando tentei acalmá-lo, ele me confessou entre dois soluços, apertando meus braços com suas mãozinhas:

– Não quero ir embora, pai, não quero ir embora!

Então ele sabia dos Estados Unidos. Almine não imaginara que anunciar uma coisa daquelas com mais de dois meses de antecedência desestabilizaria nosso filho. Em sua sistemática hostilidade para comigo, ela nem sequer cogitara que ele poderia compartilhar a notícia.

– Não se preocupe, Théo, vamos encontrar uma solução. Vou dar um jeito.

Levei uns bons cinco minutos para apagar o incêndio.

Estava quase escuro quando saímos do café. O Jardin des Explorateurs estava deserto, mergulhado na umidade e na névoa.

– Eu queria ser um mágico de verdade – disse Théo. – Para que a gente não precisasse se separar.

– Não vamos nos separar, prometo.

Era o romancista em mim falando. Aquele que sempre imaginava que alguma reviravolta resolveria os impasses da vida real. Graças a um *deus ex machina* ou uma surpresa bem-vinda que, no último capítulo, corrigia a realidade e a deixava "como deve ser". E, ao menos uma vez, fazia os bons vencerem, derrotando os cínicos, os medíocres, os maus.

– Vamos encontrar uma solução – repeti a Théo enquanto ele se afastava.

Meu filho segurava Kadija com uma mão e se despedia de mim com a outra. Eu detestava aquela cena.

Abatido, voltei para casa me arrastando. Entrei e liguei a luz, mas a rede elétrica tinha caído e a peça era iluminada apenas pelo brilho azulado da tela do computador. A febre voltara. Eu estava congelado e tremia dos pés à cabeça. Uma enxaqueca terrível me retirava a vontade de fazer o que quer que fosse. Eu não tinha forças nem para subir até o quarto. Tremendo, enrolei-me na manta de lã de vicunha e me deixei embalar pela corrente gelada da noite.

6
Uma armadilha para o herói

> *O que é romance se não uma armadilha para o herói?*
>
> Milan Kundera

1.

Paris, terça-feira, 12 de outubro de 2010.

Uma cortina de luz ondulava atrás de minhas pálpebras fechadas.

Enrolado na manta de lã, evitei fazer qualquer movimento para não dispersar o calor. Eu queria que a noite se prolongasse indefinidamente. Que a vida soltasse suas garras de mim. Ficar para sempre desconectado das asperezas do mundo.

Mas um ruído contínuo me impedia de fazer isso. Uma batida regular e irritante. Encolhi-me tentando me refugiar de novo no sono, mas o barulho se intensificou, me obrigando a abrir um olho. Ao menos não chovia mais. Atrás dos vidros, a folhagem outonal do bordo e da bétula brincava ao sol. Cintilações de diamante sobre um céu aberto.

Ofuscado, tapei os olhos com a mão. O vulto de uma grande coruja se destacava à janela. Fumando cachimbo, Jasper van Wyck estava sentado numa poltrona a dois metros de meu sofá e batia o pé.

– Que coisa, Jasper! O que está fazendo aqui? – perguntei, levantando-me com dificuldade.

Ele estava com meu laptop sobre os joelhos. Atrás da tela, seus olhinhos redondos brilhavam. Ele parecia se divertir com o susto que me dera.

— A porta não estava trancada! – ele explicou, como se fosse uma desculpa aceitável.

Jasper van Wyck era uma lenda no meio editorial. Um americano francófilo que conviveu com Salinger, Norman Mailer e Pat Conroy. Ele era conhecido por ser o agente de Nathan Fawles e ter possibilitado a publicação de seu primeiro romance, *Loreileï Strange*, que fora recusado por várias editoras americanas. Vivendo entre Paris e Nova York, ele aceitara me representar depois que mudei de editor, três anos atrás.

— Estamos em meados de outubro – ele observou. – Seu editor está à espera de um manuscrito.

— Não tenho nenhum manuscrito, Jasper. Sinto muito.

Ainda sonolento, com a cabeça pesada e o nariz entupido, fiquei um bom tempo de pé, encostado no sofá, enrolado na manta e tentando acordar.

— Você tem um *início* de manuscrito – ele corrigiu, tamborilando os dedos na tela. – Quatro capítulos, é um começo.

— Você hackeou minha senha?

Ele deu de ombros.

— O nome e o ano de nascimento de seu filho. Tão previsível...

Jasper se levantou para ir à cozinha, onde decidiu me preparar um grogue. Segui-o e olhei para o relógio de parede. Quase meio-dia. Eu dormira dezoito horas seguidas!

— Peguei sua correspondência – ele disse, apontando para uma pilha de envelopes em cima da mesa.

Jasper gostava de mim. Para além de nossa relação profissional, ele sempre demonstrara interesse e bondade para comigo. Sem dúvida porque eu o intrigava. Ele era um excêntrico um tanto *old school* que exibia com bonomia seu excesso de peso em trajes de dândi. Em geral, eu adorava conversar com ele. Ele era uma enciclopédia do mundo editorial e tinha milhares de anedotas para contar sobre os autores que conhecera. Mas naquela manhã eu estava abatido demais para conseguir conversar.

— Vejo que recebeu muitas contas – ele observou, terminando de espremer um limão, ao qual acrescentou água fervente.

Abri o envelope de meu último extrato bancário. Minha situação financeira era dramática. Para comprar aquela casa, eu raspara não apenas minhas economias como boa parte de meus futuros direitos autorais.

– Já tive dias melhores – admiti, afastando o extrato para bem longe de meus olhos.

Jasper colocou um copo bem cheio de rum e uma colher de mel dentro da panela.

– Quando pensa acabar esse romance? – ele perguntou.

Deixei-me cair numa cadeira, com os cotovelos sobre a mesa, a cabeça entre as mãos.

– Não vou continuar essa história, Jasper. Não ficou boa.

– Ah, não? Li as cinquenta primeiras páginas e acho que tem potencial.

Ele colocou à minha frente uma xícara fumegante com cheiro de canela e rum.

– Não, não vai dar em nada – garanti-lhe. – É estranho e pesado.

– Tente mais dois ou três capítulos.

– Percebe-se que o autor não é você!

Jasper deu de ombros: *cada um com seu papel.*

– Enquanto isso, beba o grogue! – ele ordenou.

– Está quente!

– Deixe de bobagem. Ah, esqueci de dizer: marquei uma consulta para você com meu médico às duas da tarde.

– Não pedi que fizesse isso. Não preciso de uma babá.

– Que bom, porque não vou levá-lo para ver uma babá, mas um médico. Sabia que Henry de Montherlant mandava chamar Gaston Gallimard quando sua pia entupia e precisava de encanador?

– Não preciso de um médico, Jasper.

– Seja razoável, está tossindo como um tuberculoso. Piorou ainda mais desde que nos falamos por telefone na semana passada.

Ele tinha razão. Fazia quinze dias que eu tossia. Agora, a sinusite e a febre pareciam se revezar para me manter na cama.

– Até lá, vamos a um restaurante – ele disse, alegremente. – Será meu convidado no Grand Café.

Ele parecia tão radiante quanto eu estava deprimido. Não era a primeira vez que eu notava que a ideia de comer o deixava feliz.

– Não estou com muita fome, Jasper – confessei, bebendo um pouco do grogue generoso em álcool.

– Não se preocupe: eu é que vou comer! E você vai tomar um pouco de ar.

2.

Na rua, Jasper praguejou contra um agente de trânsito que lhe deu uma multa por estacionar em local proibido. Ele dirigia (mal) um Jaguar E-Type Série 3 dos anos 1970. Uma antiguidade que em suas mãos se tornava tão perigosa quanto poluente.

Ele me levou para o Boulevard du Montparnasse, onde estacionou (mal) o carro no cruzamento da Rue Delambre. O Grand Café era uma *brasserie* de bairro que ficava na frente de uma banca de frutos do mar. Um monumento parisiense com decoração tradicional: cadeiras Baumann de madeira torneada, mesinhas de bistrô, toalhas xadrez e menu no quadro-negro.

Era hora de movimento, mas, para grande alívio de Jasper, o *maître* encontrou um lugar nos fundos do restaurante. Sem demora, pediu uma garrafa de chardonnay (Matt Delucca de Napa Valley) enquanto eu me contentei com uma água mineral Châteldon.

– Então, o que deu errado, Ozorski? – ele perguntou, logo depois de se acomodar.

– Tudo, você sabe muito bem. Todo mundo me considera um merda, não posso ver meu filho em condições normais e acabei de descobrir que minha mulher quer levá-lo para os Estados Unidos.

– Ele conhecerá o mundo.

– Muito engraçado.

– Você se preocupa demais com esse menino, é ridículo! Deixe-o crescer com a mãe e foque no trabalho! Ele será muito grato quando adulto.

E Jasper se lançou num monólogo filosófico, lamentando a loucura de nossa época, que corria para a própria destruição ao divinizar o ser humano e sacralizar as crianças.

– É fácil para você, que não tem filhos!

– Sim, graças a Deus! – ele suspirou.

Depois de pedir uma terrina de molejas de vitelo em crosta de massa e uma dúzia de ostras, ele voltou ao livro:

– Mesmo assim, Ozorski, você não pode abandonar uma personagem com uma arma na cabeça.

– O escritor sou eu, Jasper, faço o que quiser.

– Diga-me ao menos o que pensou para a sequência. O que acontece com a pequena Carrie?

– Não sei.

– Não acredito.

– Azar o seu. Porque é verdade.

Pensativo, ele alisou seus grandes bigodes.

– Você escreve há muito tempo, Ozorski...

– E...?

– E sabe muito bem que, para um romancista, essa Flora Conway é um presente dos céus!

– Um presente?

– A criatura que quer conhecer seu criador. É genial. Você poderia escrever uma espécie de *Frankenstein* moderno!

– Não, obrigado. Que eu me lembre, a criatura semeia o terror em todos os lugares por onde passa e Victor Frankenstein morre no fim.

– Detalhes. Enfim, Ozorski, pare de ver o lado ruim das coisas. Todos morremos no final!

Ele fez uma longa pausa para saborear a terrina em crosta de massa.

– Sabe o que devia fazer? – ele perguntou de repente, levantando o garfo.

– Diga lá.

– Colocar-se em cena no livro e aceitar um encontro com Flora.

– *Never*.

– Devia sim! É justamente o que gosto em seus romances: sentimos que você desenvolve um vínculo estreito com seus personagens! E tenho certeza de que não sou o único.

– Sim, mas dessa vez fui longe demais.

Ele me olhou com suspeição e disse:

– Você está com MEDO, é isso? Ozorski, você realmente está com medo de um de seus personagens?

– Tenho meus motivos.

– Ah, quero muito conhecê-los!

– Não é tanto uma questão de medo quanto de vontade e...

– Você não quer dividir um mil-folhas de Grand Marnier? Dizem que é divino.

Continuei minha frase, ignorando a pergunta:

– ...e como você conhece um pouco a profissão, sabe que sem vontade de escrever, não pode haver romance de qualidade.

– Atenção, atenção! Sou todo ouvidos! Estou curioso para saber o que é um romance de qualidade.

– Um romance de qualidade é, acima de tudo, um romance que torna feliz aquele que o lê.

– Absolutamente.

– E um romance de qualidade é como uma história de amor que dá certo.

– E o que é uma história de amor que dá certo?

– É quando você conhece a pessoa certa na hora certa.

– Qual a relação disso com o livro?

– Ter uma boa história e bons personagens não basta para um romance dar certo. É preciso estar num momento da vida em que você pode aprender alguma coisa com ele.

– Guarde suas bobagens para os jornalistas, Ozorski. Está inventando todo tipo de desculpa para não começar a trabalhar.

3.

O velho automóvel entrou à esquerda no Boulevard Raspail. Com várias taças de vinho branco na cabeça, Jasper era um perigo. Enquanto o rádio tocava as suítes para violoncelo de Bach, ele ziguezagueava e pisava fundo no acelerador, apesar do trânsito.

– Qual o nome do médico? – perguntei, quando ele virou à esquerda na Rue de Grenelle.

– Raphaël.
– Quantos anos ele tem?
– Diane Raphaël é uma mulher.

Lembrando de alguma coisa ao chegar à Rue de Bellechasse, Jasper apontou para uma caixa de papelão no banco de trás:

– Trouxe um presente para você.

Virei-me para olhar o conteúdo da caixa: cartas e e-mails impressos de meus leitores, enviados a meu editor. Folheei alguns, quase sempre mensagens simpáticas. Quando não conseguimos escrever, porém, saber que vamos decepcionar tamanha expectativa é um presente de grego.

O Jaguar dobrou na Rue Las Cases e parou no número 12 da Rue Casimir Périer, não muito longe das torres da basílica Sainte--Clotilde.

– É aqui – disse Jasper. – Quer que o acompanhe?
– Não precisa, obrigado. Tire uma sesta – aconselhei, descendo do carro.
– Mantenha-me informado.

Na calçada, li a placa da médica.

– Mas Diane Raphaël é psiquiatra!

Jasper abriu o vidro. Em poucos segundos, seu rosto ficou sério. Antes de acelerar bruscamente, ele me disse, como uma advertência:

– Você vai precisar de ajuda para sair dessa, Ozorski.

4.

Até aquele dia, eu nunca pisara no consultório de um psiquiatra, o que me dava certo orgulho. Sempre acreditei que a escrita me permitia identificar, cristalizar e dispensar minhas neuroses e obsessões.

– Seja bem-vindo, sr. Ozorski.

Imaginei a psiquiatra como uma reencarnação de Freud, mas não. Diane Raphaël era uma mulher da minha idade, de rosto simpático. Tinha olhos claros e vestia um blusão de lã angorá azul-lavanda que parecia recém-saído de uma propaganda da Woolite ou de um arquivo do Instituto Nacional do Audiovisual sobre Anne Sinclair.

– Fique à vontade, por favor.

A sala, no último andar, era um longo retângulo com uma vista panorâmica que permitia admirar a igreja Saint-Sulpice, o Panthéon e chegava até Montmartre.

– Aqui, me sinto uma vigia no posto de observação de um barco pirata, de onde posso ver a chegada de temporais, tempestades e depressões. Muito útil para uma psiquiatra.

A metáfora era boa. Ela devia usá-la com todos os pacientes.

Sentei-me de frente para Diane Raphaël, numa cadeira de couro branco.

Em vinte minutos de uma conversa não muito desagradável, ela delimitou meu problema: os repetidos ataques da ficção sobre minha vida amorosa e familiar. Quando passamos a maior parte do dia divagando num mundo imaginário, às vezes não é fácil fazer o caminho de volta. E somos tomados por vertigens quando as fronteiras se borram.

– Nada o obriga a passar por isso – garantiu a psiquiatra. – Mas você precisa decidir retomar o controle da situação.

Eu concordava, mas não via direito como. Contei-lhe a história que tinha começado a escrever e falei de Jasper, que queria que eu aceitasse o desafio lançado por Flora Conway e me encontrasse com ela através da escrita.

– Que ótima ideia! Faça isso como um exercício. Um ato simbólico para reafirmar a predominância da vida real sobre o mundo imaginário, e para defender seu território de escritor e a liberdade que ele envolve.

A proposta era sedutora, mas eu estava cético quanto à eficácia do exercício.

– Você tem medo dessa mulher?

– Não – afirmei.

– Então diga isso na cara dela!

Como ela tinha se preparado para a sessão, citou triunfante uma entrevista de Stephen King em que ele dizia que colocar seus demônios em cena através da ficção era uma velha técnica terapêutica, um exorcismo que lhe permitia colocar no papel sua raiva, seu ódio e sua frustração. "Além disso, sou pago para isso", observava King. "Existem pessoas em celas acolchoadas no mundo todo que não têm essa sorte."

5.

Eu estava a caminho da escola de meu filho quando recebi um SMS de Kadija: "Cuidado, Almine decidiu buscar Théo!".

Almine fazia isso esporadicamente, uma ou duas vezes por mês, como um capricho: decretava subitamente que não precisava mais de babá. Às vezes chegava a dizer a Kadija que não aparecesse mais e que, a partir daquele momento, ela cuidaria de Théo em tempo integral. Sua decisão costumava durar 24 ou 48 horas. Enquanto isso, eu perdia meus encontros com Théo.

Magoado, passei na farmácia para repor meu estoque de paracetamol, xarope e óleos essenciais. Voltei para casa, mexi no quadro da rede elétrica, que tinha caído de novo, pus água para ferver e fiz uma inalação. Depois, caí no sofá e fechei um pouco os olhos para pensar nas coisas que Jasper e a psiquiatra tinham dito. Quando voltei a abri-los, era quase meia-noite. O frio insuportável me acordara. *Maldita caldeira...*

Acendi a lenha na lareira e caminhei um pouco pela biblioteca, onde peguei um velho exemplar do *Frankenstein*, que eu estudara no liceu.

> *Numa sinistra noite de novembro, pude enfim contemplar o resultado de meus longos trabalhos. [...] Já era uma hora da manhã. A chuva batia lugubremente nas janelas e a vela chegava ao fim. De repente, à luz da chama vacilante, vi a criatura entreabrir seus olhos amarelados. Ela respirou profundamente, e seus membros foram agitados por um movimento convulsivo.*

Encantador.

Preparei a cafeteira com arábica, reuni os únicos amigos que me restavam nesse mundo – paracetamol, Sorine, pastilhas para a garganta –, me enrolei na manta e sentei à mesa de trabalho.

Liguei o computador, abri o editor de texto numa página em branco, olhei para o cursor que me desafiava. Melhor reconhecer que, em poucos meses, eu tinha perdido todo o controle sobre minha vida. Eu precisava retomar as rédeas da situação. Mas conseguiria fazer isso na frente de uma tela? Acariciei as teclas do computador. Eu gostava de seu toque macio e surdo. O som de um curso d'água que nunca sabemos para onde nos levará. O mal e o remédio. O remédio e o mal.

```
1.
Williamsburg Sul
Marcy Avenue Station
Sensação de asfixia. No meio da multidão
compacta, minhas pernas trêmulas me levam
de algum modo até a saída do metrô. A onda
humana deságua na calçada. Finalmente um
pouco de ar. Mas também buzinas, trânsito
e o burburinho da cidade, que me en...
```

7
Um personagem em busca de seu autor

> *Em mais de um aspecto, escrever é o ato de dizer Eu, de se impor sobre os outros, de dizer: Escutem-me, vejam da minha maneira, mudem de ideia. É um ato agressivo, e mesmo hostil.*
>
> Joan Didion

1.

Williamsburg Sul, Marcy Avenue Station.

Sensação de asfixia. No meio da multidão compacta, minhas pernas trêmulas me levam de algum modo até a saída do metrô. A onda humana deságua na calçada. Finalmente um pouco de ar. Mas também buzinas, trânsito e o burburinho da cidade, que me ensurdecem.

Dou alguns passos na calçada. Sinto-me tonto. É a primeira vez que me vejo dentro de uma de minhas ficções. A cena beira a esquizofrenia: uma parte de mim está em Paris, atrás da tela do computador, a outra está aqui, em Nova York, nesse bairro que não conheço e que fervilha à medida que meu outro eu digita no teclado.

Olho em volta, respiro o ar ambiente. À primeira vista, nada me é muito familiar. Sinto dor de barriga e dores lancinantes nos músculos. Arrancar-se da realidade machuca. Meu corpo todo parece se rasgar, como se eu fosse um elemento estranho que o mundo imaginário tenta rejeitar. Isso não me surpreende, sei há muito tempo que o mundo da ficção tem suas próprias leis, mas sem dúvida subestimei sua força.

Levanto os olhos. No céu metálico, um vento fresco faz as folhas das castanheiras ondularem. A meu redor, dos dois lados da rua, um estranho balé acontece. Vestidos de sobrecasacas escuras, homens barbudos de chapéu preto e rolos nos cabelos passam pelas calçadas e me lançam olhares estranhos. Suas mulheres usam saias compridas, várias camadas de roupas e dissimulam os cabelos com turbantes austeros. Inscrições hebraicas e conversas em iídiche me fazem entender onde estou: no bairro judeu hassídico de Williamsburg. Essa região do Brooklyn está separada em dois universos antagônicos: ao norte, o bairro boêmio-hipster, ao sul, a comunidade de Satmar. De um lado, os "artistas", tatuados, apreciadores de quinoa e cerveja artesanal, do outro, ultraortodoxos que, a poucas quadras da modernidade de Manhattan, mantêm um modo de vida tradicional desconectado das evoluções da sociedade.

Continuo com dor de barriga, mas me recupero aos poucos e entendo por que estou ali. Quando comecei a escrever *A terceira face do espelho*, estudei a cidade para decidir onde Flora moraria e optei pelo bairro de Williamsburg justamente por sua proximidade com o bairro judeu ortodoxo. Porque seus moradores, saídos direto de um *shtetl* do século XIX, pareciam ter conseguido abrir uma brecha no tempo. Não sou o único a tentar fugir da realidade e do presente. Faço-o por meio da imaginação, mas alguns têm êxito por outros meios, recusando a influência do mundo moderno sobre eles. Em Williamsburg, o sistema educativo, o acesso à saúde, as questões judiciárias e a alimentação são supervisionados pela comunidade. E, nessa dimensão anacrônica, as mídias, as redes sociais e a urgência da modernidade não existem.

Um vazio se abre em meu estômago e uma náusea violenta me perturba, como se eu estivesse morrendo de fome. Empurro a porta da primeira mercearia kosher em meu caminho. Situada num prédio de tijolos amarelos, a loja é dividida em duas metades por uma treliça de bambu que separa clientes homens e mulheres. Peço os dois sabores de sanduíche que são especialidade da casa: frango com faláfel e omelete com pastrami. Devoro tudo com gosto e, aos poucos, à medida que a fome diminui, sinto que finalmente piso firme no mundo da ficção e me aclimato à paisagem local.

Recupero minhas forças e sigo caminho para o norte de Williamsburg. Um quilômetro e meio envolto pelas cores do verão fora de época, entre os plátanos de folhas douradas e os prédios de arenito vermelho da Bedford Avenue.

Quando chego ao cruzamento da Berry Street com a Broadway, a silhueta do Lancaster me parece mais imponente do que em meu romance. Uma dezena de fotógrafos e jornalistas estão à frente da vitrine de uma lavanderia self-service: infantaria triste e cansada, pequenos soldados do clique a serviço da obscenidade, que saem brevemente da letargia ao me ver entrando no prédio.

Vejo-me no hall tinindo de novo, mais luxuoso do que em minha imaginação: ladrilhos de mármore de Carrara, iluminação indireta, revestimento mural em madeira bruta e pé-direito impressionantemente alto.

– O que posso fazer pelo senhor?

Trevor Fuller Jones, zelador do prédio, tira os olhos de sua tela. Ele é exatamente como eu imaginara. Espremido num casaco marrom com galões dourados, ele parece me tomar por um dos curiosos com que precisa lidar desde o início do "caso Conway". Por alguns segundos, fico parado na frente dele de boca aberta, hesitante sobre como agir. Até que me decido.

– Bom dia, eu gostaria de subir ao telhado do prédio.

Trevor ergue uma sobrancelha.

– E por que motivo, senhor?

Como sempre, sou levado à sinceridade:

– Acredito que a sra. Conway esteja em perigo.

O zelador balança a cabeça.

– E eu acredito que o senhor deva sair daqui.

– Eu insisto. Se não quiser se sentir culpado por um suicídio, precisa me deixar subir.

Trevor Fuller Jones suspira exasperado e, com sua grande envergadura, sai do balcão da recepção. Num piscar de olhos, ele me agarra pelo braço e me puxa para a saída. Tento protestar, mas o sujeito tem mais de um metro e noventa e pesa no mínimo 110 quilos. Ele está prestes a me atirar na calçada quando me dou conta de que nossa relação de forças é desigual. E que disponho de armas para neutralizar meu adversário.

– Não me obrigue a contar tudo a Bianca!

O zelador fica imóvel. Ele arregala os olhos, como se não tivesse certeza de ter entendido direito. Repito:

– Se não me deixar entrar, terá problemas com Bianca.

Ele aperta ainda mais meu braço.

– O que minha mulher tem a ver com isso? – ele resmunga.

Olho para Fuller Jones sem pestanejar. Como fazê-lo entender que ele é apenas uma criatura de minha imaginação? Um personagem secundário que só existe em minha mente, numa história que está sendo escrita? Como fazê-lo entender que sei tudo de sua vida?

– Bianca talvez tenha interesse no SMS e nas fotos que envia regularmente a Rita Beecher, a jovem cabeleireira de apenas dezenove anos que o senhor conheceu no salão Sweet Pixie da Jackson Street.

Este é um de meus hábitos de romancista: antes de começar a escrever, aprimoro a construção dos personagens em fichas biográficas detalhadas. Embora três quartos dessas informações não apareçam no livro, é uma ótima maneira de conhecê-los melhor.

– Não sei se sua mulher ficará particularmente feliz de saber que o senhor escreve a Rita coisas como: "Penso em tua bunda o dia inteiro", ou "Quero aspergir teus seios com minha semente para vê-los brotar".

O rosto do zelador se decompõe, sinal de que acertei em cheio. Como disse Malraux: o homem costumar ser "o que esconde, um miserável amontoado de segredos".

– Mas como sabe disso? – ele gagueja.

Dou-lhe o golpe de misericórdia:

– Quero ver a reação de Bianca quando souber que no dia dos namorados o senhor deu a Rita um broche de prata no valor de 850 dólares. Quanto custou o buquê de flores que deu para sua mulher, mesmo? Vinte dólares, acredito.

Fuller Jones baixa a cabeça e me solta. Estou diante de uma boneca de pano inofensiva. É mais difícil ser um brutamontes quando se é pego em flagrante.

2.

Deixo-o para trás. Na extremidade do hall de entrada, vejo três elevadores com portas de bronze. Chamo um deles e aperto no botão *Rooftop*. A cabine se põe em movimento com um rangido metálico. Quando as portas se abrem, percebo que ainda tenho um andar a pé até o telhado.

Chegando lá, sou surpreendido por uma rajada de vento. Coloco a mão sobre os olhos para me proteger e passo pela quadra de badminton. A vista é espetacular. Mais incrível do que em meu manuscrito. Mas o céu, límpido e claro alguns minutos antes, foi repintado com carvão. Quase a contragosto, paro por um instante para contemplar a vista vertiginosa. Do outro lado do desfiladeiro, a linha metálica dos arranha-céus revela o mítico contorno dos prédios nova-iorquinos: os pilares da ponte de Williamsburg, o Empire State, o topo do Chrysler Building, a silhueta imponente do MetLife.

– VOCÊ TEM TRÊS SEGUNDOS PARA ME IMPEDIR DE FAZER ISSO: UM, DOIS...

Tirado de meus devaneios pelos gritos, levo um susto e dou meia-volta. Do outro lado, perto do reservatório de água, vejo Flora Conway. Ela segura a arma de Rutelli contra a têmpora e se prepara para atirar.

– Pare! – grito para indicar minha presença.

Ingenuamente, eu tinha pensado que, quando me visse, Flora baixaria a guarda. No entanto, tão assustada quanto eu, ela me desafia com seu olhar de jade.

– Vamos, não seja boba. Guarde a arma.

Lentamente, ela abaixa a Glock, mas em vez de soltá-la, aponta-a para mim.

– Ei! Podemos conversar?

Em vez de se acalmar, Flora segura a pistola com as duas mãos e avança na minha direção, pronta para atirar.

Percebo que, ao contrário do que acontecera com o zelador, eu não podia fazer absolutamente nada contra Flora Conway. Eu pensava estar em meu território, mas estava totalmente enganado. Lamento amargamente ter dado ouvidos a Jasper e Diane Raphaël. É fácil para eles dar conselhos que não os comprometem. O mundo da ficção é perigoso, eu sempre soube. Assim como sempre soube que seria arriscado aventurar-se em seu território. Meus dias acabariam de modo patético, com dois tiros disparados por uma personagem saída de minha imaginação. Aquela era a história de minha vida desde a infância. Sempre um único e mesmo inimigo: eu mesmo.

– Flora, seja razoável. Precisamos *realmente* conversar.

– Quem é você, caramba?

– Sou Romain Ozorski.

– Nunca ouvi falar.

– Sim, você sabe muito bem, sou eu: o inimigo, o filho da puta, o romancista...

Tento dissimular meu medo. Flora se mantém na defensiva, e me mantém na mira da arma enquanto avança na minha direção.

– E de onde veio?

– De Paris. Quer dizer, de Paris na vida real.

Ela franze o cenho. Agora, está a poucos metros de mim. Apesar das nuvens cerradas, uma clareira no céu permite que os raios de sol cheguem ao East River. Flora encosta o cano da Glock em minha testa. Engulo em seco e tento fazê-la voltar à razão.

– Por que me matar, se você que me chamou?

Ouço sua respiração: pesada, ofegante, interrompida. A nosso redor, a paisagem treme e brilha como num espelho distorcido. Depois de uma longa hesitação, e no momento em que menos espero, ela abaixa a arma e diz:

– Melhor ter uma ótima explicação.

3.

Cais do Brooklyn.

Eu tinha entrado na vida de Flora Conway há menos de uma hora, mas ela fazia parte da minha há muito mais tempo. Depois de nossa altercação no telhado do Lancaster, convenci-a a ter uma conversa ponderada.

Esse primeiro diálogo foi desconcertante, pois Flora logo aceitou a incongruência da situação. Uma brecha se abriu no fundo de sua mente. Rasgando o véu da ignorância, ela saiu da caverna de uma vez por todas. Foi por isso que não perdeu tempo tentando negar o fato de ser um personagem de romance. O que ela recusava, em contrapartida, era que eu parasse de escrever sua história. Começamos a discutir e, como ela se sentia sem ar dentro de seu apartamento, levou-me a um bar brasileiro de Williamsburg.

Situado no cais, The Favela era um bar que ocupava uma antiga garagem que dava para um pátio sombreado, lotado na hora do almoço, que os moradores das redondezas chamavam "*the beer garden*". Como eu não sabia de quanto tempo dispunha, logo coloquei todas as cartas na mesa:

– Não vou continuar sua história, Flora. Foi para dizer isso que vim.

– Ah, mas você não pode decidir isso sozinho.

– Você sabe muito bem que posso.

– Concretamente, o que isso quer dizer?

Dei de ombros.

– Quer dizer que vou parar de trabalhar nesse texto. Não vou mais pensar nele e vou passar para outra coisa.

– Você vai apagar os arquivos de seu computador, é isso? Vai colocar minha vida no lixo com um simples clique?

– É um pouco redutor usar esses termos, mas você não está errada.

Ela me encarou com olhos cheios de raiva. Fisicamente, seu rosto era mais harmonioso do que em minha imaginação. Ela usava um vestido-suéter de lã creme, uma jaqueta jeans e botas caramelo. Sua severidade não estava na aparência, mas no olhar, na impaciência, nas inflexões de sua voz.

– Não vou deixar que faça isso – ela disse num tom decidido.

– Seja razoável, você não existe!

– Se não existo, o que está fazendo aqui?

– É uma espécie de exercício, por sugestão de meu agente e de uma psiquiatra. Uma bobagem, concordo.

Um barman de regata apertada e braços totalmente tatuados nos trouxe as caipirinhas que tínhamos pedido. Flora bebeu metade do drinque de uma só vez e disse:

– Só peço uma coisa: me devolva minha filha.

– Não fui eu que a peguei.

– Quando escrevemos, devemos assumir nossas responsabilidades.

– Não tenho nenhuma responsabilidade para com você. Tenho, em contrapartida, com meus leitores, mas...

– Populismo barato, esse argumento do leitor – ela me cortou.

Retomei o que dizia:

– Tenho uma responsabilidade para com meus leitores, mas somente depois de decidir *publicar* um texto. O que não aconteceu com sua história.

– Por que a escreveu, então?

– Você publica tudo o que escreve, por acaso? Eu não.

Bebi um gole da caipirinha e olhei em volta. O ambiente se tornara incrivelmente agradável. O lugar era original, tinha um teto de zinco com uma trepadeira e um velho *food truck* que vendia tacos. Um verdadeiro boteco estilo salsa.

– A essência da criação é tentar coisas, agora e sempre, sem necessariamente ir até o fim ou mantê-las. O mesmo acontece em todas as artes. Soulages queimou centenas de telas que não o satisfizeram, Bonnard retocava seus próprios quadros em museus, Soutine comprava suas telas dos marchands para retrabalhá-las. O autor é mestre de sua obra, não o contrário.

– Não adianta ficar exibindo seus conhecimentos...

— O que quero dizer é que, como um pianista, preciso estudar escalas. Escrevo todos os dias, mesmo nos domingos, mesmo no Natal, mesmo quando estou de férias. Ligo o computador e escrevo pedaços de histórias, contos, reflexões. Quando o que escrevo me inspira, continuo. Caso contrário, passo para outra coisa. Simples assim.

— E o que não o "inspira" em minha história?

— Ela me deixa deprimido. Só isso! Não sinto prazer em escrevê-la. Não me divirto.

Flora ergue os olhos ao céu (e a mão, para indicar ao garçom que quer outro drinque).

— Se escrever fosse divertido, não seria divertido.

Suspirei e pensei em Nabokov, que dizia que seus personagens eram seus "condenados". Escravos num mundo onde ele era o "ditador absoluto", o "único responsável por sua estabilidade e verdade". O gênio russo estava certo em não se deixar incomodar. Já eu estava ali, argumentando com uma criatura saída de minha própria imaginação...

— Escute, Flora, não vim aqui para dissertar com você sobre o que deve ser a literatura.

— Você não gosta de meus romances?

— Não muito.

— Por quê?

— Eles são pretensiosos, metidos, elitistas.

— Só isso?

— Não. O pior de tudo...

— Diga logo.

— ...é que eles não são generosos.

Apesar de ser proibido, ela acendeu um cigarro e soltou uma baforada.

— Seu certificado de generosidade, pode enfiar no...

— Eles não são generosos porque você não pensa no leitor. No prazer da leitura. Na sensação única que nos invade quando temos pressa de voltar para casa à noite para retomar o romance que estamos lendo. Isso tudo é muito abstrato para você. É isso que não gosto em seus romances: eles são frios.

– Pronto? Acabou a lenga-lenga?

– Sim, e acho que vamos encerrar nossa conversa.

– Porque *você* decidiu?

– Porque estamos em meu romance. Gostando ou não, sou o *único* responsável por ele. Eu decido tudo, entendeu? E foi justamente por isso que me tornei escritor.

Ela deu de ombros.

– Você decidiu se tornar escritor porque sente prazer na tirania com que aterroriza seus personagens?

Suspirei. Se ela queria me conquistar, tinha começado mal. Por outro lado, suas palavras facilitavam as coisas para mim.

– Escute, Flora, vou ser sincero. Noite e dia, sete dias por semana, sou incomodado por todo mundo, sem descanso. Por minha mulher, meu editor, meu agente, pela Receita, pela Justiça, pelos jornalistas. Pelo maldito encanador que chamei três vezes e nunca vem consertar um vazamento, pelos que gostariam que eu parasse de comer carne, de andar de avião, de fumar, de tomar uma segunda taça de vinho, ou que gostariam que eu começasse a comer cinco frutas e legumes por dia. Por aqueles que, com toda seriedade, me dizem que enquanto romancista não posso me colocar na pele de uma mulher, de um adolescente ou de um velho chinês, e que se eu fizer isso preciso ter meus textos revisados, para ter certeza de que não vou ofender ninguém. Estou de saco cheio desse bando de chatos e...

– Tudo bem, acho que captei a ideia – interrompeu-me Flora.

– A ideia é que não vou ser incomodado por mais uma pessoa, menos ainda por uma personagem de romance que só existe dentro da minha cabeça.

– Quer saber? Fez bem em procurar um psiquiatra.

– Você também deveria procurar um! Acho que não temos mais nada a nos dizer.

– Então não vai me devolver Carrie?

– Não, porque não fui eu que a peguei.

– Posso ver que não tem filhos.

– Acha mesmo que eu teria começado a escrever essa história se não tivesse um filho?

– Vou lhe dizer uma coisa, Ozorski. Você pode apagar o arquivo de seu computador, mas não de sua cabeça.
– Você não pode fazer nada contra mim.
– Isso é o que você pensa.
– Enquanto espera, *ciao*.
– Vai embora como?
– Assim: um, dois, três! – eu disse, contando nos dedos.
– Você continua aqui.

Abaixei o polegar e o indicador. O dedo médio permaneceu erguido, apontando para ela.

Ela balançou a cabeça enquanto eu me evaporava à sua frente.

8
Almine

> *Compreender os outros não é regra na vida. A história da vida é enganar-se sobre eles, de novo e de novo, de novo e sempre, com obstinação e, depois de pensar bem, enganar-se de novo.*
>
> Philip Roth

```
— Você continua aqui.
Abaixei o polegar e o indicador. O dedo
médio permaneceu erguido, apontando para
ela.
Ela balançou a cabeça enquanto eu me eva-
porava à sua frente.
```

A luz do Brooklyn se apagou bruscamente quando fechei a tela do laptop, não totalmente desgostoso de meu pequeno passeio. Em Paris, eram três horas da manhã. A sala estava mergulhada na escuridão, com exceção de algumas brasas que ardiam na lareira. A viagem a Nova York me esgotara, mas eu me sentia aliviado por ter me saído bem. Tomei um último paracetamol, levantei da cadeira e dei alguns passos para me atirar no sofá.

1.

Quarta-feira, 13 de outubro de 2010.

No dia seguinte, acordei tarde, mas descansado e de excelente humor. Fazia muito tempo que eu não dormia tão bem. Até meu resfriado parecia estar passando: eu respirava bem melhor e, pela primeira vez em séculos, não sentia uma pressão na cabeça.

Vamos, de pé! Tentei ver tudo aquilo como um sinal e me convencer a todo custo de que algo havia mudado. Preparei um expresso duplo e uma torrada e fui degustá-los na rua. O pequeno jardim estava irresistível em suas cores outonais. Antes da chegada do inverno, a vegetação ainda abundante mostrava suas últimas cores. A ameixeira parecia uma sarça ardente. As samambaias e os ciclames cintilavam. Ao lado do velho sicômoro, os bosques de azevinho aguardavam a colheita.

Minha expedição ao país da imaginação me revigorara. Eu soubera colocar os pingos nos *is* e me libertar da influência de Flora Conway. Reafirmara minha autonomia e minha liberdade de romancista. Mas não podia me contentar com aquela vitória simbólica. Para confirmar o experimento, precisava tentar uma ofensiva na vida real. Talvez eu ainda tivesse uma última cartada? Uma última tentativa de tentar fazer Almine voltar à razão.

Subi ao primeiro andar para a higiene matinal. Liguei o rádio do banheiro e entrei na ducha. Sob o jato d'água, com os ouvidos cheios de xampu, o jornal da France Inter chegava até mim aos pedaços:

Nesta quarta-feira, teremos um novo dia de manifestação em massa contra o projeto governamental de reforma da previdência. A frente sindical espera reunir mais de três milhões de pessoas por toda a França. / Eu tentava imaginar o rosto de Almine sem todos os pensamentos negativos – um eufemismo – que eu nutria por ela. / *O líder da Força Operária, Jean-Claude Mailly, deplora a reforma, sob medida para o mercado financeiro. Depois da instauração do escudo fiscal, a Confederação Geral do Trabalho denuncia, por sua vez, a polícia ultraliberal e injusta do "presidente dos ricos", que quer definir a idade de aposentadoria em 62 anos.* / Eu lamentava amargamente não ter sido mais cuidadoso ao deixar meu telefone em qualquer lugar. Por que, se eu conhecia muito bem o caráter impulsivo e excessivo de minha mulher, como eu tivera a leviandade de acreditar que ela não chegaria a esse ponto? / *A ministra da Economia, Christine Lagarde, estima que cada dia de greve custará cerca de 400 milhões de euros à economia francesa e pesará sobre a retomada econômica.* / Não importa o que o sapo faça, o escorpião continuará sendo um escorpião, "porque aquela é sua natureza". Sendo tão ingênuo, eu colocara meu filho numa situação gravíssima. / *...risco de falta de combustíveis, apesar das afirmações tranquilizadoras do ministro de Energia, Jean-Louis Borloo.* / Eu sempre pensara que as instituições de meu país me protegeriam se um dia eu fosse atacado injustamente. Mas nem a polícia nem a Justiça tinham me defendido. Ninguém tentara conhecer a verdade. / *Algo que não se via desde as grandes greves de 1995 contra o plano Juppé!* / Apesar das ciladas, eu ainda seria capaz de retomar o controle de minha vida? Eu queria acreditar que sim. Afinal, Almine e eu tínhamos tido bons momentos. E éramos pais de um garoto incrível. / *Segundo as pesquisas, os grevistas têm o apoio generalizado da opinião pública e 65% das pessoas interrogadas desaprovam a obstinação de Nicolas Sarkozy diante da paralização.* / Mesmo durante as crises que enfrentamos, sempre havia um momento em que a razão prevalecia. Com Almine, a verdade de ontem não era a mesma de amanhã. / *...a entrada inesperada dos estudantes no movimento e o bloqueio das refinarias por tempo indefinido...*

Saí da ducha, fiz a barba, coloquei perfume, vesti um jeans limpo, uma camisa branca e um blazer. Dirigi meu sorriso mais bonito ao espelho. Método Coué para me convencer de que estava de volta ao grande jogo da vida.

O primeiro-ministro François Fillon nega qualquer concessão e denuncia a manobra da extrema esquerda e dos socialistas para...

Saí de casa, o sol brilhava. Um plano começou a se desenhar em minha mente. A Rue du Cherche-Midi era percorrida por certa agitação. Por causa da greve, era impossível pegar o metrô na estação Saint-Placide. Como todos os táxis estavam ocupados, caminhei até a estação de compartilhamento de bicicleta mais próxima. De longe, pensei ter visto algumas bicicletas, mas quando cheguei vi que todas estavam danificadas: pneus furados, quadros quebrados, freios estragados. Neguei-me a me desanimar, corri até a estação seguinte, mas encontrei o mesmo cenário. Um morador do bairro estava com sua própria caixa de ferramentas consertando uma bicicleta pública. *Welcome to Paris.*

Cansado daquilo tudo, decidi atravessar o Sena a pé. Na Rue Vaugirard, pequenos grupos de manifestantes subiam em direção ao Boulevard Raspail com bandeiras e coletes vermelhos nas cores da CGT. No bulevar, as pessoas se impacientavam. O início da caminhada não estava previsto para antes das duas da tarde, aquele era um ensaio geral. As buzinas a gás e os megafones eram testados, o som era equalizado, as canções eram repetidas ("Fillon, pegue a reforma e enfie ela no..."), a eficácia de certos gritos de ordem: "Sarkozy, grande tirano, vá taxar seus manos"; "Grandes homens não usam salto alto"; "Consulte seu Rolex, chegou a hora da revolta!". No estande do sindicato SUD Rail, a comilança tinha início. Voluntários grelhavam linguiças, salsichas e salsichões sob um quiosque com as cores do sindicato. Colocado dentro de um pedaço de baguete e temperado com cebola, o embutido era vendido ao preço militante de dois euros. Por mais um euro, recebia-se um copo de cerveja ou quentão. Com um gorro peruano na cabeça, bolsa atravessada no peito e um broche "SUD Educação" preso ao blusão, uma manifestante perguntou com toda seriedade, como se estivesse num restaurante, se podia comprar "um sanduíche vegetariano".

No meio daquela multidão, eu não conseguia parar de fotografar mentalmente as cenas, fixando cada detalhe: as palavras de ordem, o som ambiente, os cheiros, as músicas de cada grupo. Depois, eu guardava todos aqueles elementos numa gaveta de um recanto de meu cérebro. Minha documentação mental. Uma biblioteca que eu sempre levava comigo. Dentro de um ano, dez anos, se a escrita de um romance assim exigisse, eu abriria aquela gaveta para descrever uma cena de manifestação. Era um esforço custoso, que no entanto se tornara uma segunda natureza, difícil de evitar. Um mecanismo exaustivo que eu não conseguia mais desligar dentro de mim.

2.

Consegui sair do cortejo e contornei o Jardin du Luxembourg até o Théâtre de l'Odéon. Ao ritmo de meus passos sobre a calçada, eu via o desenrolar do filme de meus anos com Almine, tentando encontrar alguma coerência. Ela nasceu na Inglaterra, perto de Manchester, de pai inglês e mãe irlandesa. Apaixonada por balé clássico, fora integrante do Royal Ballet de Londres, mas aos dezenove anos teve um grave acidente de moto com o namorado da época, um pseudoguitarrista que tinha mais intimidade com as garrafas de Guinness do que com as cordas de sua Gibson. Almine ficou mais de seis meses no hospital e nunca mais pôde dançar como antes. O acidente a deixou com sequelas, como uma dor crônica nas costas, que a viciou em analgésicos. Aquele era o verdadeiro drama de sua vida, que ela sempre mencionava aos soluços. Aquele era o motivo pelo qual, por tanto tempo, eu a desculpava por alguns de seus comportamentos. Aos 22 anos, em meados dos anos 1990, ela desbravou o mundo da moda e logo se tornou uma modelo de referência nas passarelas.

[Rue Racine, Boulevard Saint-Germain.]

1,74m. 85-60-88. Além de suas medidas à época, Almine era conhecida pelo corte de cabelo curto, despenteado, loiro platinado, e pelas leves sardas irlandesas que a distinguiam na concorrência impiedosa do meio. Sua singularidade era apreciada e lhe permitia ter um lugar cativo nos destaques dos desfiles importantes. Ela se tornou uma pequena celebridade no meio da moda e, nas revistas, criou para si um estilo roqueiro e sexy: sorriso aberto, camiseta listrada, jeans furado, bota Dr. Martens. Ela também inventou uma paixão por metal e hard rock, e dizia já ter atravessado os Estados Unidos de moto. Até que funcionara: no auge da fama – anos 1998 e 1999 –, ela apareceu três vezes na capa da *Vogue*, tornou-se garota-propaganda de um perfume da Lancôme e emprestou seu rosto para a campanha outono-inverno 1999 da Burberry.

Quando nos conhecemos, em 2000, Almine já saíra dos holofotes. Trabalhava em pequenos papéis em propagandas e no cinema. Continuava belíssima. E sua beleza me fez aceitar qualquer coisa. Eu estava num momento em que, de tanto ficar encerrado e preso a meu computador, tinha um déficit de vida a preencher. Depois de tentar por anos colocar um pouco de vida em minhas ficções, eu precisava de um pouco de ficção em minha vida. Chegara ao fim de minhas promessas de vida por procuração. Eu também queria experimentar os sentimentos que descrevia em meus romances. Também queria ser o personagem de um livro de Romain Ozorski. Queria paixão, romance, viagem, imprevistos. E com Almine estava bem servido. Se minha mente às vezes era confusa, a dela era completamente caótica. O instante era a coisa mais importante. O dia seguinte parecia distante, o outro não existia. No início, fiquei encantado. Nossa história era um parêntese em meu ritmo bem regrado. Um parêntese que se prolongou devido à minha vaidade, porque, vistos de fora, "formávamos um belo casal", e porque Théo acabou chegando em nossa vida e nos ocupou bastante.

[*Instituto do Mundo Árabe, ponte de Sully, Biblioteca Nacional da França.*]

Até que o trem subitamente saiu dos trilhos. Durante a crise financeira de 2008, Almine teve uma iluminação: vivíamos na França sob um regime autoritário e Nicolas Sarkozy era um ditador. Eu estava com ela havia quase oito anos e nunca percebera nenhuma consciência política de sua parte. Por influência de um fotógrafo, Almine começou a frequentar os meios anarcoautônomos. Ela que antes gastava muito tempo (e dinheiro) comprando roupas, esvaziou o guarda-roupa de um dia para outro e doou todas as suas coisas para a caridade.

Ela cortou os cabelos e tatuou impulsivamente desenhos feios nos braços e no pescoço. O A dos anarquistas, um gato preto famélico miando e a famosa sigla ACAB: *All Cops Are Bastards*.

Seus novos amigos – que às vezes organizavam reuniões revolucionárias em nosso apartamento – também lhe instilaram um sentimento de culpa, que exploravam sem escrúpulos. Almine se autoflagelava da manhã à noite e distribuía seu dinheiro – que por acaso também era meu – para tentar se redimir.

Durante todo esse período, Théo já não existia para ela. Era principalmente Kadija e eu que cuidávamos de tudo. Eu obviamente me preocupava com ela e tentava ajudá-la. Mas era sempre repelido: a vida era *dela*, ela não deixaria sua conduta ser ditada pelo marido, a sociedade patriarcal chegara ao fim.

Depois de alguns meses, a ameaça parecia ter diminuído. Almine se afastara dos anarquistas. Estava fascinada por Zoé Domont, uma professora de Lausanne que a introduzira à ecologia. Infelizmente, a mesma engrenagem se pôs em marcha. Uma ideia fixa substituiu outra: o desejo de combater a globalização foi sucedido pela angústia permanente em relação aos efeitos das mudanças climáticas. No início, houve uma salutar tomada de consciência, que compartilhei. Mas rapidamente aquilo se transformou numa melancolia intratável, numa obsessão sem nenhuma nuança: o mundo desmoronava, o futuro não existia. Nenhum projeto fazia sentido, pois todos morreríamos amanhã ou depois. Ela passara do ódio à burguesia ao ódio à civilização ocidental como um todo (nunca entendi direito por quê, para Almine, a China, a Índia e a Rússia tinham o direito de continuar poluindo).

Como consequência dessa fixação, nossa vida cotidiana se tornou um inferno. Cada gesto banal – pegar um táxi, tomar uma ducha quente, acender a luz, comer um bife, comprar uma roupa – era avaliado à luz de sua "pegada de carbono" e levava a tensões e debates sem fim. Ela começou a me odiar, me acusando de estar desconectado dos problemas do mundo e de viver em meus romances – como se eu fosse o único a ter estragado o planeta.

E uma nova culpa corroía minha mulher: a de ter "dado à luz uma criança que viveria guerras e massacres". Essas eram as palavras que ela usava na frente de Théo, sem perceber que lhe transmitia sua angústia. Da mesma forma, as histórias infantis para dormir tinham dado lugar a explicações confusas e sem filtro sobre o derretimento das calotas polares, a poluição dos oceanos e o desaparecimento da biodiversidade. Nosso filho de cinco anos começou a ter pesadelos com animais mortos e pessoas que se trucidavam por um copo de água potável. Minha culpa foi ter demorado a agir. Eu deveria ter me antecipado e pedido o divórcio.

3.

Com o céu aberto, avistei os contornos da Coluna de Julho ao longe. No Boulevard Morland, passei pelo prédio da Biblioteca Nacional para pegar a Rue Mornay e chegar a um dos lugares mais insólitos de Paris: o porto do Arsenal, uma pequena marina que ligava o Sena ao Canal Saint-Martin. Era ali que Almine se instalara ao deixar nossa casa.

Ao longo das margens, sucediam-se dezenas de embarcações de todos os tamanhos, da lancha ao veleiro, passando pela velha balsa restaurada e pelo *tjalk* holandês.

Eu estava na passarela metálica que cruzava o porto quando vi Almine do outro lado do cais, perto da escadaria de pedra que levava ao Boulevard de la Bastille. Gritei para indicar minha presença e corri em sua direção.

– Oi, Almine.

Fui recebido com a mesma raiva de sempre:

– O que está fazendo aqui, Romain? Você sabe muito bem que não tem o direito de se aproximar de mim.

Ela pegou o telefone para me filmar. Mais uma prova contra mim num futuro processo. Estoico, examinei-a de alto a baixo. Ela levara adiante sua transformação física: cabeça raspada, quilos a menos, casaco com estampa de camuflagem, piercings por toda parte. Ela usava uma bolsa de marinheiro e tinha uma tatuagem nova no pescoço.

– Você vai pagar caro – ela me avisou, depois de interromper o vídeo.

Tive certeza de que o enviou na mesma hora, por mensagem, ao escritório franco-americano Wexler & Delamico, que a representava.

Advogados temíveis que ela conhecera graças a... mim.

– Está indo para a Gare de Lyon? – perguntei, apontando para a sacola.

– Vou me encontrar com Zoé em Lausanne, mas isso não é da sua conta.

Agora que eu estava mais perto, decifrei a frase que ela tatuara: a máxima de Victor Hugo preferida pelos anarquistas. *Polícia em toda parte, justiça em parte alguma.*

Segui-a de perto.

– Preciso ter uma conversa normal com você, Almine.
– Não tenho nada a dizer.
– Não sou seu inimigo.
– Então caia fora.

Chegando ao alto das escadas, ela atravessou o bulevar na direção da Rue de Bercy.

– Precisamos encontrar uma solução amigável. Você não pode me privar de meu filho.

– Ao que parece, posso sim. Aliás, para sua informação, vou levá-lo para os Estados Unidos.

– Você sabe muito bem que isso não é bom para ninguém. Nem para ele, nem para você, nem para mim.

Ela caminhava com pressa e me ignorava. Insisti:

– Você pretende se instalar naquela comunidade de Ithaca?

Ela não tentou negar:

– Zoé e eu vamos criá-lo juntas. Théo ficará muito bem conosco.

– O que você quer de mim, Almine? Mais dinheiro?

Ela gargalhou:

– Você não tem mais nada, Romain. Sou mais rica que você.

Infelizmente, era verdade. Ela seguiu em frente quase correndo, numa verdadeira cadência militar.

– Mas Théo também é *meu* filho.

– Só porque enfiou o pau em mim?

– Não, porque eu o criei e porque o amo.

– Théo não é seu filho. Os filhos pertencem às mães. Elas que engravidam, dão à luz, amamentam.

– Cuidei de Théo muito mais do que você. E me preocupo com ele. Você enche sua cabecinha de imagens apocalípticas e já disse várias vezes na frente dele que lamentava ter tido um filho.

– Ainda lamento. É uma irresponsabilidade ter um filho nos dias de hoje.

– Então, justamente, deixe-o viver comigo. Para mim, Théo é a melhor coisa que me aconteceu na vida.

– Você só pensa em sua pequena pessoa. Em suas pequenas dores, em seu pequeno conforto. Você nunca pensa nos outros, nem nele.

– Veja bem. Não duvido de seu amor por Théo.

– Eu o amo à minha maneira.

– Então precisa reconhecer que a melhor coisa para ele é você ficar em Paris. Onde ele tem escola, amigos, pai, hábitos.

– Mas tudo isso vai sumir pelos ares, meu caro. As mudanças que se anunciam não têm precedentes. A Terra vai se tornar um campo de batalha.

Mobilizei toda minha força de vontade para manter a calma.

– Sei que tudo isso a preocupa bastante e você está certa. Mas não vejo a relação imediata com nosso filho.

– A relação é que Théo precisa endurecer. Ele precisa ser preparado para o pior, entende? Ele precisa ser preparado para as revoluções, para as epidemias, para a guerra.

Era o fim. Eu tinha perdido. Estávamos chegando a seu destino. A grande torre e os quatro relógios enormes do campanário da estação dominavam a praça Louis-Armand. Sem acreditar de fato no que ouvia, tentei uma última cartada, esperando tocar seu coração.

– Você sabe muito bem que Théo é minha vida. Se o tirar de mim, morrerei.

Almine ajeitou a bolsa nas costas e, antes de entrar na estação, respondeu:

– É exatamente o que quero, Romain: que você morra.

4.

Nas horas que se seguiram, voltei a pé a Montparnasse, não sem parar várias vezes em cafés, para almoçar ou tomar uma cerveja. Eu estava abalado, diante de uma situação pior que todos os meus pesadelos. Almine sempre alternara entre fases eufóricas e deprimidas, mas naquele dia sua saúde mental me parecia preocupante. Eu era o único a perceber e o último a poder soar o alarme, pois eu é que seria julgado num futuro próximo.

Mesmo depois de todas aquelas punhaladas, eu conseguira não a odiar porque amava meu filho e, se não a tivesse conhecido,

Théo não existiria. Pela primeira vez, porém, fiquei surpreso de me ver desejando que ela sumisse de nossas vidas.

Perto do Boulevard Raspail, encontrei um grupo de manifestantes que eu vira pela manhã e que não tinha seguido com os demais. Eles estavam mudando o mundo bebendo quentão. No chão, a seus pés, um cartaz colorido proclamava: *Para a França de cima, colhões de ouro! Para a França de baixo, grilhões de couro!* Lembrei do que Almine me dissera sobre minha falta de engajamento na vida real. Nesse ponto, ela não estava errada. A luta coletiva em geral me parecia inútil. No mínimo, eu tinha dificuldade de encontrar meu lugar nela. Acima de tudo, agremiações me davam medo. Eu era da filosofia Brassens de vida: quando somos mais de quatro, não passamos de um bando de idiotas. Os comportamentos de manada me consternavam, a matilha me horrorizava.

Às quatro e vinte, eu estava na Avenue de l'Observatoire. Kadija me esperava na frente da escola. Fiz-lhe um resumo amenizado de minha conversa com Almine e sugeri que ela e Théo passassem o fim da tarde em minha casa.

– Théo pode dormir na sua casa – ela me disse. – Almine não se programou para voltar antes de amanhã à noite.

Vi meu filho sair e correr na nossa direção. Na mesma hora, uma descarga de dopamina irrigou meu coração mortificado.

Aproveitamos, no caminho de volta, para entrar em duas ou três lojas e comprar coisas para o jantar. Foi ali, entre os alhos-porós e as últimas abobrinhas da estação, que Kadija caiu em prantos. Ela me confessou que chorava todas as noites, tamanha sua preocupação com Théo.

– Pensei numa maneira de impedir Almine de partir. Preciso lhe contar.

Apesar de seu tom firme me assustar um pouco, assenti. Ela enxugou rapidamente as lágrimas quando Théo veio a nosso encontro.

Em casa, acendi o fogo na lareira, supervisionei os deveres de casa de meu filho e construí com ele um circuito de bolinhas de gude. Enquanto Kadija o colocava no banho, fiz um omelete de batata e cebola e cortei algumas laranjas para fazer uma salada marroquina.

Depois do jantar, Théo nos apresentou um show de mágica que nos fez rir bastante e a noite chegou ao fim com a enésima leitura de *Onde vivem os monstros* (o livro estava tão gasto que eu sempre tinha a impressão de que as páginas se desmanchariam em minhas mãos).

Quando voltei à sala, ajudei Kadija a tirar a mesa e a preparar um chá de hortelã que degustamos na frente do fogo. Ela rompeu o silêncio:

– Você precisa AGIR, Romain. Não pode mais se limitar a chorar sozinho.

– O que quer que eu faça?

Com gestos lentos, a babá (na verdade, ela não era bem isso) tomou mais um gole de chá e me respondeu com uma pergunta:

– O que seu pai teria feito em seu lugar?

A pergunta me surpreendeu. Nunca pensei que Krzysztof Ozorski fosse aparecer naquela conversa, mas no ponto em que estávamos...

– Nunca o conheci, ele desapareceu e nos abandonou, minha mãe e eu, quando vivíamos em Birmingham. Mas dizem que era um homem violento e desembaraçado.

Ela aproveitou:

– Exatamente...

– Como é?

– Conheço umas pessoas em Aulnay-sous-Bois. Pessoas que podem dar um bom susto.

– Em quem?

– Sua mulher.

– Kadija! Não é assim que a sociedade funciona.

Pela primeira vez, vi-a irritada:

– Você é um homem, ora essa! Não abaixe a cabeça! Tome as rédeas nas próprias mãos! – ela gritou, levantando-se.

Tentei acalmá-la, mas ela encerrou a conversa.

– Vou para o meu quarto.

Vi em seus olhos uma imensa decepção.

– Espere, vou ligar o radiador elétrico.

– Não, não preciso de ajuda.

Enquanto subia os primeiros degraus, ela se virou e disse:
– No fim, você merece o que está acontecendo.
Entendi que acabava de perder minha última aliada.

5.

Apaguei todas as luzes. Agora, eu não tinha mais ninguém para me apoiar. Nem editor, nem amigos, nem família. Eles me acompanharam nos momentos de glória, quando era fácil estar a meu lado. Até os leitores me abandonaram. Eles levaram meu nome para o topo das listas de mais vendidos, mas desertaram, um por um. Por conformismo. Porque num vídeo estúpido que circulara na internet eu aparecia chutando uma geladeira, e porque uma pseudocolapsologista que tinha lido três livros na vida enviara a si mesma mensagens estúpidas e ofensivas.

O bom senso e a razão tinham desertado do mundo. E a coragem também.

Sempre pensei que as soluções para nossos problemas estavam dentro de nós. Naquela noite, porém, eu não tinha mais nada dentro de mim. Nada que pudesse acender qualquer centelha. Eu estava vazio. Ou melhor, cheio de lama, merda, raiva, ódio e impotência.

Mecanicamente, voltei para o computador. O adorado e detestado. Abri a tela. A luz azulada machucou meus olhos, como sempre, mas eu nunca a diminuía. Eu gostava de ser ofuscado, quase cegado, hipnotizado pela tela. Eu gostava daquela sensação paradoxal de introspecção e perda progressiva de consciência. Daquele momento de relaxamento em que as referências se embaralhavam, prelúdio da ausência, da dissociação. Uma porta aberta para o desconhecido. Outro mundo, outra vida. Dez outras vidas...

Quando eu ficava mal, quando não tinha ninguém com quem falar, restavam-me meus personagens. Alguns, eu sabia, eram mais infelizes que eu. Aquilo estava longe de ser um consolo, era mais um sentimento de fraternidade.

Pensei em Flora. Que horas seriam em Nova York? Contei nos dedos a diferença de fuso horário. Cinco horas da tarde. Foi o que escrevi em minha tela.

```
Nova York — 5 p.m.
```

No silêncio da noite, toquei as teclas iluminadas. Como uma melodia para piano. Antes de enxergar as letras – a "cor das vogais", a sombra das consoantes –, ouvi o som produzido pelo teclado. Um suave farfalhar, quase melódico. O som da liberdade.

```
Nova York — 5 p.m.
Atrás de minhas pálpebras, a vibração de
uma cortina de luz. A meu redor, um leve
zumbido. Abri os olhos. Um halo alaranjado
invadia o ambiente. Eu flutuava num céu
de açafrão. Inundada de sol, a...
```

9
O fio da história

> *Fazia tempo que ele encontrava sua felicidade num mundo nascido de sua própria imaginação.*
>
> John Irving

1.

Nova York – 5 p.m.

Atrás de minhas pálpebras, a vibração de uma cortina de luz. A meu redor, um leve zumbido. Abri os olhos. Um halo alaranjado invadia o ambiente. Eu flutuava num céu de açafrão. Inundada de sol, a cabine do teleférico sobrevoava os prédios de Midtown e as águas do East River. A cabine – que transportava turistas e nova--iorquinos depois do dia de trabalho – começou a descer para a Roosevelt Island.

Com o cérebro enevoado, as pernas ameaçando fraquejar, eu não tinha a menor ideia do que estava fazendo ali. De novo, tive a mesma sensação de asfixia da primeira vez. Talvez a pressão do ar não fosse a mesma no mundo da ficção. Logo senti uma dolorosa sensação de fome, como se eu não comesse nada há muito tempo e estivesse com hipoglicemia.

A cabine chegou a seu destino. Eu conhecia Roosevelt Island. Era uma ilha microscópica, uma fina faixa de terra sem grandes encantos, entre Manhattan e Queens. Eu queria falar com Flora Conway, mas não tinha a menor ideia de onde ela estava.

No entanto, você é quem manda, murmurou uma voz dentro de minha cabeça. Sim, sem dúvida. Sei que o texto vai sendo escrito à medida que as ideias chegam à outra parte de meu cérebro, ao outro eu que me guia, sentado ao computador com uma xícara de chá e uma manta.

Em busca de indícios – ou inspiração –, olhei ao redor. Entre as pessoas que saíam do teleférico, vi um jovem – barba ruiva, camisa de lenhador, chapéu trilby – com uma câmera profissional na mão e uma grande bolsa de equipamentos no ombro. Um jornalista, provavelmente. Decidi segui-lo.

A ilha era pouco maior que um lenço de bolso. Em menos de dez minutos, chegamos à ponta sul. Onde ficava o Blackwell Hospital, que todos chamavam de Pentágono devido às cinco fachadas do edifício. Assim que entrei, minha fome se intensificou. Uma tontura me obrigou a parar e perdi o jornalista de vista.

Dessa vez eu estava realmente mal, prestes a desistir. Uma dor atroz me machucava o ventre, um fogo ardia em minhas veias e meus braços e pernas pareciam feitos de concreto. Eu precisava comer alguma coisa para me ancorar ao mundo da ficção. Voltei sobre meus passos para examinar a planta do centro hospitalar, que eu vira na entrada. O mapa mencionava a presença de um *diner* da rede Alberto's, o que era bastante estranho, pois a marca se especializava no tipo de comida que leva o colesterol às alturas.

O fast-food estava instalado num grande trailer cromado. Subi num dos bancos altos de couro sintético vermelho que ficava à frente do balcão e pedi o prato "que pudesse ser servido mais rápido". Quase na mesma hora, vi à minha frente dois ovos sobre uma torrada, que devorei como se interrompesse uma greve de fome de dez dias.

Por fim, uma Coca-Cola e um café me revigoraram. Voltei ao normal e percorri com os olhos a sala do *coffee shop*. A meu lado, um exemplar do *New York Post* estava pousado sobre o balcão. Meu olho foi atraído por uma manchete na capa. Peguei o jornal e o abri para ler o artigo.

Romancista Flora Conway hospitalizada após tentativa de suicídio

Brooklyn – A polícia e os serviços de emergência compareceram na noite de terça-feira, dia 12, à residência de Flora Conway por volta das 22 horas. Encontrada desfalecida, com as veias dos pulsos cortadas, ela foi levada ao Blackwell Hospital da Roosevelt Island em estado crítico.

Preocupada e sem notícias da sra. Conway, sua editora e amiga Fantine de Vilatte foi quem deu o alerta depois de entrar em contato com o zelador do Lancaster, condomínio de Williamsburg.

Segundo uma fonte médica contatada durante a noite, a romancista recuperou os sentidos e não corre perigo. Uma informação confirmada pela sra. Vilatte: "Depois desse gesto infeliz, Flora está recuperando as forças. Como sabemos, faz meses que enfrenta um período extremamente difícil. Farei tudo que está a meu alcance para que minha amiga consiga superar essa provação". Lembremos que essa tentativa de suicídio aconteceu seis meses depois do desaparecimento da filha de Flora Conway, a pequena Carrie, que...

2.

Tirei os olhos do tabloide. Agora sabia onde Flora estava e por quê. Preparei-me para sair do *diner* quando pensei reconhecer uma silhueta familiar no fundo do restaurante. Bigode grisalho, cabeça raspada, perfil pronunciado: Mark Rutelli estava sentado a uma mesa, levemente atirado num banco de fustão. Saí do balcão para ir a seu encontro. Absorto em pensamentos, ele deixara seu hambúrguer e suas fritas esfriarem, mas já tinha esvaziado vários chopes.

– Nós nos conhecemos? – ele me perguntou, desconfiado, quando sentei a seu lado.

– De certo modo.

Eu que o criei, mas não precisa me chamar de pai.
Seu instinto policial me radiografou na mesma hora:
– O senhor não é daqui?
– Não, mas estamos do mesmo lado.
– Que lado?
– Sou amigo de Flora Conway – expliquei.

Desconfiado, ele me encarou para tentar descobrir o que eu tinha em mente e no coração. Percorri mentalmente as notas e as fichas biográficas que elaborara antes de escrever aquela história. Eu conhecia bem Rutelli: bom sujeito, policial consciencioso. Por toda a vida, lutara para se livrar das garras de uma depressão e de um alcoolismo crônicos que tinham devastado sua carreira, sua família, seus amores. Sua extrema sensibilidade o matava em fogo lento. Um nome a mais na longa lista de vítimas da maldição da bondade, a lei impiedosa que acabava com aqueles que não estavam prontos para enfrentar a ferocidade e o cinismo.

– Posso lhe oferecer outra cerveja? – perguntei, levantando a mão para chamar o garçom.

– Por que não? Ao menos você não tem cara de verme. Ou sabe fingir bem.

– Verme?

Com um sinal de cabeça, ele apontou para a janela. Apertei os olhos para enxergar melhor. Uma dezena de homens e uma mulher estavam instalados nos degraus da escada. Era o mesmo grupo de "jornalistas" que eu vira em Williamsburg, na frente do prédio de Flora. Eles tinham simplesmente se transferido para Roosevelt Island.

Nossa cerveja chegou e Rutelli tomou um bom gole antes de me perguntar:

– Sabe o que estão esperando?

– A saída de Flora, imagino.

– A *morte* de Flora – ele me corrigiu. – Estão esperando que ela pule.

Ele limpou a espuma do bigode.

– Olhe para as câmeras! Estão apontadas para o quarto dela, no sétimo andar.

Para confirmar suas palavras, levantou-se e lutou bravamente com a janela basculante. Conseguiu movê-la no eixo horizontal, entreabrindo a parte de cima. A abertura nos permitiu captar fragmentos de conversas do grupo. De fato, nada bonito de se ouvir. "Se ela quer se matar, que ande logo! Saco cheio de esperar", disse um imbecil de queixo pontiagudo e orelhas de abano. Enrolado num casaco preto, usado como uma capa, o sujeito afetava ares de mistério. "A luz está perfeita, caramba! Com o sol por trás, um plano à la Scorsese!", disse o câmera que segui desde a estação. A única mulher do grupo não deixou por menos. "E o frio está de congelar o rego", ela disse rindo, orgulhosa da piadinha. Então começou a cantarolar: "Ela vai pular! Ela vai pular", retomada em coro por seus colegas: "Ela-vai-pu-lar! Ela-vai-pu-lar!".

Eles já tinham passado do último estágio da indecência, mas não paravam. A pornografia do *infoentretenimento*. Que nojo. Vontade de vomitar.

– É o que eles querem, desde o início – lamentou-se Rutelli. – O suicídio de Flora. A morte para fechar tudo com chave de ouro. De preferência com imagens ao vivo. Um pequeno clipe de trinta segundos, um *gif* da queda. Perfeito para *likes* e *retweets*.

– O senhor sabe o número do quarto de Flora?

– Quarto 712, mas os funcionários não me deixaram entrar.

Ele terminou a cerveja e esfregou os olhos. Eu gostava de seu olhar, no qual lia um enorme cansaço, mas também uma chama capaz de se reacender.

– Venha comigo – eu disse –, eles vão me deixar passar.

3.

O elevador nos levava para o sétimo andar. Tínhamos acabado de atravessar sem problema o hall do hospital. Ninguém nos perguntara nada, como se trabalhássemos ali. Rutelli estava perplexo e admirado.

– Como você fez isso? É mágico ou algo do gênero?

– Não, meu filho é mágico. Sou outra coisa.

– Não entendo.

– Acho que podemos dizer que sou o *chefe*.

– Chefe de quê?
– De tudo. Enfim, desse mundo.

Com o cenho franzido, ele me mediu de cima a baixo.

– Acha que é Deus?
– O fato é que sou *um tipo* de deus.
– Sei...
– Mas não pense que é fácil.

Ele balançou a cabeça, visivelmente me achando um louco de atar. Eu teria falado mais, mas as portas se abriram para um longo e estreito corredor vigiado por um estranho enfermeiro: um gigante sarado com metade do rosto totalmente queimado.

– Viemos ver a sra. Conway, quarto 712. Como ela está?
– A princesa não quis comer nada – contentou-se em responder Duas-Caras, apontando para uma bandeja de metal.

A refeição parecia deliciosa: pepinos boiando numa água duvidosa, peixe acinzentado cujo cheiro empestava o corredor, cogumelos borrachudos, maçã murcha.

Apesar do tamanho do sujeito, Rutelli passou por ele como um trator e eu entrei no quarto 712 atrás dele.

A decoração era espartana: cama estreita, cadeira Bertoia de metal e uma mesinha de compensado abaixo de um velho telefone de parede de baquelite vermelho.

Flora Conway estava deitada na cama, olhando para vazio, apoiada em dois travesseiros.

– Boa noite, Flora.

Ela olhou para nós sem demonstrar surpresa. Por um segundo, tive a estranha impressão de que estava à nossa espera.

Rutelli, por sua vez, estava constrangido. Tímido, parecia grande demais para aquele quarto pequeno, como se não soubesse direito o que fazer com o próprio corpo.

– Você deve estar morrendo de fome – ele acabou dizendo. – A comida não é grande coisa nessa espelunca.

– Eu estava contando com você para me trazer algo para comer, Mark! Onde estão seus famosos *blintzes* de queijo da mercearia Hatzlacha?

Como se pego em falta, o policial logo se ofereceu para descer e trazer algo comestível do Alberto's.

– Eles têm uma grande variedade de saladas – ele começou.

– Acho que prefiro um cheeseburger malpassado com pão crocante – pediu Flora.

– Está bem.

– Acebolado...

– Ok.

– ...com picles...

– Sim.

– ...e batata rústica.

– Anotado – ele garantiu, saindo do quarto.

Sozinho com Flora, permaneci alguns minutos em silêncio. Então tomei a palavra e disse, apontando para seus pulsos enfaixados:

– Talvez não precisasse ter chegado a esse ponto.

– Foi a única coisa que encontrei para obrigá-lo a voltar.

Sentei-me na cadeira a seu lado, enquanto ela me encarava.

– Você também não parece muito bem.

– Já tive dias melhores.

– Quando começou a escrever minha história, estava colocando no papel um episódio de sua própria vida, não é mesmo?

– Um episódio menos trágico: vou perder o contato com meu filho. Minha mulher conseguiu me tirar a guarda de nosso filho e agora quer levá-lo para uma seita ecológica no estado de Nova York.

– Quantos anos ele tem?

– Seis anos.

Peguei meu celular para lhe mostrar uma foto de Théo numa capa de Houdini, cartola, bigodinho fino desenhado a lápis no rosto e varinha mágica.

Ela fez o mesmo e me mostrou imagens de uma época feliz: Carrie pulando amarelinha, Carrie num carrossel em Coney Island, Carrie e seu sorriso maroto, com a boca e a metade do rosto cobertas de mousse de chocolate. Uma mistura de nostalgia e tristeza sem fim pontuada por gargalhadas e lágrimas.

– Pensei no que você me disse da última vez – retomou Flora, após um momento. – Eu também, quando escrevo, gosto de colocar meus personagens na beira do abismo e vê-los se debatendo.

– É o jogo – eu disse. – Trememos com eles na esperança de que encontrem uma saída, mesmo quando não há nenhuma. Mesmo quando a situação é extrema, sempre esperamos que eles encontrem uma escapatória. Mas seguimos no comando. Um escritor não pode se render a seus personagens.

O quarto estava abafado. A água que circulava pelo radiador de ferro fazia um barulho infernal. Como se a calefação estivesse digerindo um banquete copioso.

– Mas mesmo num romance, você sabe muito bem que a liberdade do criador não é total – objetou Flora.

– Em que sentido?

– Existe uma *verdade* própria a cada personagem. Depois que eles entraram em cena, você não pode negar suas identidades, suas verdadeiras naturezas, suas vidas secretas.

Perguntei-me aonde ela queria chegar.

– Chega uma hora – ela continuou –, em que as ilusões precisam se desfazer e as máscaras cair.

Entendi suas palavras, mas não tive certeza de querer segui-la naquela conversa.

– Há algo que o romancista deve a seus personagens, Romain. Sua própria verdade. Prometa-me minha parte de verdade!

Levantei-me para ver os raios de sol que alongavam seus últimos reflexos atrás dos prédios alaranjados do bairro de Astoria. Estava tão quente que me permiti abrir a janela. Foi quando ouvi os gritos que vinham da rua. Inclinando-me, vi Mark Rutelli lutando com um grupo de jornalistas. Ele acabava de dar um soco naquele que sonhava com Scorsese. Por um momento, seis ou sete jornalistas tentaram defendê-lo, atirando-se sobre o policial. Mas Rutelli, apesar dos quilos a mais, acertava seus atacantes como moscas. Enfermeiros chegavam para apartar a briga quando o telefone do quarto começou a tocar. Um toque estridente que machucava os ouvidos. Flora atendeu, ouviu o interlocutor e me passou o telefone.

– É para você.
– Para mim?
– Sim, é sua mulher.

4.

```
– É para você.
– Para mim?
– Sim, é sua mulher.
```

Paris – Três horas da manhã.

Na penumbra da sala de estar, meu celular vibrava sobre o tampo de nogueira da escrivaninha. Na tela, o nome ALMINE brilhava com uma luz agressiva. De volta à realidade. Segurei a cabeça com as mãos. Problemas sérios à frente. Não sei por qual motivo, Almine devia ter voltado de Lausanne no meio da noite e percebido a ausência de Théo. De repente, porém, entendi tudo: a greve dos meios de transporte. Decidi não atender e, em vez disso, entrei no site da SNCF. A página estava lenta, com um comunicado lacônico que nos lembrava que não éramos clientes, mas usuários. Foi na página da Gare de Lyon Part-Dieu que encontrei a informação que procurava. O TGV para Lausanne chegara só até Lyon. Almine devia ter cansado de esperar outro trem e decidido voltar para Paris. Quando fechei o navegador, vi que ela me deixara uma longa mensagem.

Ouvi a gravação, mas ela continha apenas um ruído de respiração e uma frase confusa que não entendi. Talvez eu me preocupasse por nada. Talvez Almine tivesse encontrado outra maneira de chegar à Suíça e aquela ligação tivesse sido completada sem querer ao guardar o telefone. Mas não consegui ficar totalmente tranquilo. Invadido por um pressentimento ruim, decidi ligar para Almine, mas caí na secretária eletrônica.

O que fazer?

Enfiei um blusão e saí de casa pelos fundos. A chuva recomeçara. Densa e abundante. Eu tinha um carro estacionado num box que dava para uma rua perpendicular. Um Mini Cooper que eu quase nunca usava, mas que ligou de primeira. Fiz o mesmo trajeto da manhã. Às três da madrugada, Paris estava vazia e atravessei o Sena em menos de dez minutos. Chegando ao porto do Arsenal, logo encontrei uma vaga no Boulevard Bourdon, bem na entrada do cais.

Com o blusão sobre a cabeça, desci a escada que levava ao cais. Sob a chuva, as pedras brancas brilhavam como se tivessem sido envernizadas. Logo me deparei com uma grade, que me impediu de prosseguir. Nela, uma grande placa de madeira dizia que o acesso ao porto estava proibido ao público à noite e que um guarda fazia rondas com um cão.

Não havia vivalma. Ninguém era idiota para sair na rua com aquele tempo. Pulei a barreira e caí do outro lado. Eu não lembrava exatamente em que lugar do cais estava o barco. De todo modo, ele podia ter mudado de lugar desde a última vez que eu estivera ali. À luz dos postes, levei bons cinco minutos para encontrá-lo. Ao sair de casa, Almine se refugiara num *tjalk*, um veleiro holandês sem mastro que ela me pedira de presente em nosso aniversário de cinco anos de casamento. Eu nunca me sentira à vontade naquele barco e raras vezes pisara nele.

Pulei para o convés. O barco tinha uma luz fraca acesa, que indicava a presença de alguém.

– Almine?

Bati à porta da cabine e não obtive resposta.

Do passadiço, entrei na peça principal. Uma sala bastante confortável, com mesa de centro, sofá, televisão e uma pequena escada que subia ao teto transformado em terraço. O barco oscilava. Pelas janelas, eu via as águas lamacentas do Sena. Eu sempre enjoava, mesmo ali.

– Almine, está aqui?

Liguei a lanterna do celular e segui na direção dos dois quartos, que ficavam numa das extremidades. Antes mesmo de chegar, vi o corpo de minha mulher atravessado no chão do pequeno corredor.

Agachei-me na altura de sua cabeça. Ela tinha perdido os sentidos. Seus lábios estavam azuis, as unhas violetas. Sua pele estava úmida e gelada.

– Almine, Almine!

A seu lado, um celular, uma garrafa de Grey Goose e um frasco de oxicodona. Reconstituí sem dificuldade o cenário da noite. Almine voltara contrariada, com dores no corpo e um pouco bêbada. Talvez nem tivesse percebido a ausência do filho. Misturara vodca com oxicodona e, eventualmente, um sonífero. A via real para a depressão respiratória.

Sacudi-a, abri suas pálpebras. Suas pupilas estavam do tamanho da cabeça de um alfinete. Impossível tirá-la daquela sonolência profunda. Verifiquei seu pulso. Ele batia de leve. Sua respiração estava fraca, mas presente.

Eu a alertara várias vezes: seu consumo de opioides costumava ultrapassar as doses razoáveis. Ela os misturava com álcool, soníferos, ansiolíticos. Eu já a vira esmagar remédios e tomá-los em pó para aumentar seu efeito.

Não era sua primeira overdose. Dois anos antes, ela já perdera os sentidos e eu a salvara graças a um spray de naloxona. Desde então, eu sempre mantinha um em nossa farmácia. Restava torcer para que Almine fizesse o mesmo. Fui ao banheiro e revirei tudo. Acabei encontrando o famoso produto.

Rasguei o envelope protetor do kit. A naloxona não é um remédio milagroso, mas permitia deter rapidamente a ação da morfina enquanto se esperava por socorro.

De repente, interrompi meus movimentos e um fenômeno estranho ocorreu. Sobrevoei a cena e me tornei um espectador distante.

O tempo se dilatou e um lampejo brilhou com força. Eu podia salvar Almine, mas também podia não fazer nada. Podia contentar-me em deixá-la morrer. E todos os meus problemas desapareceriam com ela. Théo permaneceria na escola em Paris e eu acabaria recuperando sua guarda. A morte de Almine por overdose desacreditaria as acusações que ela fizera contra mim e resolveria meus problemas judiciários e financeiros. A vida me oferecia de bandeja uma reviravolta inesperada.

Meu coração disparou. Eu finalmente estava no controle da situação, como em meus romances. *No fim, você merece o que está acontecendo*: voltei a ver o rosto severo de Kadija me chamando de covarde. Dessa vez, eu não podia vacilar. Almine se colocara sozinha naquela situação. Eu era senhor de meu destino, único tomador de decisões capazes de fazer minha vida se orientar para uma ou outra direção. Eu criaria meu filho, prepararia seu leite com chocolate todas as manhãs, leria uma história para ele todas as noites, sairia de férias com ele. Nunca mais teria medo de perdê-lo. Finalmente.

5.

Saí para o convés. A chuva se intensificara. Ainda não se via vivalma. Mal se enxergava dez metros à frente. Ninguém me vira entrar ali. Talvez houvesse alguma câmera de segurança naquela altura do porto, mas não era certo. E quem as verificaria? A overdose era clara. Eu não era culpado da morte de Almine. Ela mesma era. Seu comportamento, sua loucura, sua maldade.

Corri sob a chuva. Eu realmente faria aquilo. Sabia que não voltaria atrás. À distância, destravei a porta do carro e entrei. Liguei o motor sem demora, ansioso para me afastar o mais rápido possível daquele barco. Engatei a ré e dei um grito.

– Caramba! Você me deu um susto!

Flora Conway estava sentada no banco do passageiro. Com os cabelos secos cortados na altura do queixo, os olhos verdes que me atravessavam, o vestido-suéter de lã creme e a jaqueta jeans.

– Como entrou no carro?

– Você é a única pessoa neste carro, Romain. Tudo está dentro de sua cabeça, você sabe muito bem. Você sempre fala dos personagens que vêm assombrar o escritor que lhes deu a vida.

Fechei os olhos por alguns segundos e inspirei profundamente, esperando que quando abrisse os olhos Flora Conway tivesse desaparecido. Mas isso não aconteceu.

– Dê o fora, Flora.

– Vim impedi-lo de cometer um assassinato.

– Não matei ninguém.

– Mas está matando. Está matando sua mulher.

– Não, não é assim que as coisas se apresentam. Ela é que quer minha pele.

– Mas neste exato momento ela é que está se afogando no próprio vômito.

Baldes de chuva caíam sobre o para-brisas. Um depois do outro, dois raios rasgaram o céu, seguidos por um pesado trovão.

– Não complique as coisas, por favor. Volte para seu mundo. Cada um com seus problemas.

– Seus problemas são meus, meus problemas são seus, você sabe muito bem.

– Justamente, a morte de Almine resolveria todos os meus problemas.

– Você não é assim, Romain.

– Todos os seres humanos são assassinos em potencial. Você mesma escreveu: uma criança pode matar, uma bisavó pode matar.

– Se deixar Almine morrer, você passará para o outro lado. Um lado do qual ninguém pode voltar.

– Essa é só uma frase de efeito.

– Não! Você nunca mais será o Romain Ozorski de antes. A vida não voltará tranquilamente ao normal.

– Não tenho escolha se quiser ficar com meu filho. Mesmo que eu salve Almine, a doida nunca me agradecerá. Pelo contrário. Apressará a partida para os Estados Unidos.

– Se não a salvar, será um assassino e isso o perseguirá noite e dia.

A tempestade piorara ainda mais. Eu tinha a impressão de que a chuva que batia no teto solar quebraria o vidro. Dentro do carro, o ar se tornara irrespirável. Decidi virar o jogo.

– Coloco meu destino em suas mãos, Flora. Se Almine ficar para trás, você recupera Carrie. Se eu salvar minha mulher, você não volta a ver sua filha. Você decide.

Ela não esperava por isso. Sua expressão mudou e recuperou imediatamente a dureza que eu conhecia.

– Você é um grande filho da puta.

– Sua vez de assumir a responsabilidade.

Ela deu um soco de raiva no vidro.

Tentei manter a pressão:

– Vamos, decida! Vai *passar para o outro lado*?

Ela baixou os olhos, vazia, exausta.

– Eu só quero a verdade.

Ela me olhou pela última vez antes de abrir a porta e sair do carro. Estávamos ambos num beco sem saída. Em seus olhos, eu lia minha própria dor. Em seu cansaço, meu próprio sofrimento. Saí para a chuva a fim de detê-la, mas ela havia desaparecido. Entendi que aquela era a última vez que via Flora Conway.

Vencido, voltei à escada de pedras brancas que levava aos barcos e, chegando ao cais, peguei o celular e liguei para o SAMU.

10
O império da dor

> *A vida, esse fardo que nos é imposto, é pesada demais para nós, ela nos traz sofrimentos demais, decepções, problemas insolúveis. Para suportá-la, não podemos prescindir de sedativos.*
>
> Sigmund Freud

1.

```
Cape Cod, Massachusetts
A ambulância acelerava na estrada de areia
que serpenteava entre as dunas, levan-
tando nuvens de poeira ao passar. O sol
que caía no horizonte alongava as sombras
dos pinheiros e dos arbustos e coloria a
vegetação com um filtro alaranjado.
```

Com as duas mãos ao volante, o olhar determinado, Flora suportava os sacolejos sem reduzir a velocidade. A extremidade norte da Winchester Bay se prolongava até um antigo farol octogonal de uma dúzia de metros de altura construído numa pequena colina. 24 Winds Lighthouse: o farol dos 24 ventos. Ligada à torre, uma linda casa branca com revestimento de tábuas corridas e telhado pontudo de ardósia estava voltada para o oceano. A residência secundária de Fantine.

Flora subiu o caminho de cascalho que levava à casa e estacionou o veículo, que havia roubado algumas horas antes, ao lado do *roadster* de sua editora. Rodeado por ondas e rochas, o lugar inspirava sentimentos opostos. Quando o sol brilhava, parecia uma paisagem bucólica de cartão-postal ou uma pintura marinha com toques rurais que os proprietários de Martha's Vineyard ou Cape Cod gostavam de ter em suas casas. Quando as nuvens e o vento chegavam, o cenário adquiria um toque muito mais assustador e dramático. Era o que acontecia naquele momento, enquanto o sol desaparecia. Mergulhadas na sombra, as falésias de granito congelavam a vista e deformavam a perspectiva como em algumas telas inquietantes de Hopper.

Flora estivera ali duas vezes, antes de Fantine começar as obras para restaurar a construção. Decidida, ela subiu o lance de escadas até a entrada do *cottage* sob um pequeno alpendre. Ela bateu à porta e esperou poucos segundos até Fantine abrir.

– Flora? Eu... você não me avisou.

– Estou incomodando?

– Pelo contrário. Que bom vê-la.

Jeans skinny, camisa azul com botões de madrepérola, sapatilhas de couro envernizado: Fantine mantinha a elegância em todas as circunstâncias. Mesmo sozinha em casa, num início de fim de semana, naquela casa fora do mundo.

– De onde está vindo? – ela perguntou, olhando desconfiada para a ambulância.

– De casa. Tem algo para beber?

A editora teve um segundo de hesitação que não escapou a Flora, depois se recuperou.

– Claro, entre!

A casa tinha passado por uma grande reforma: atravessada por vigas aparentes e ornada com uma janela panorâmica, a sala oferecia uma vista infinita para o oceano. Tudo era de bom gosto, à imagem da proprietária: assoalho de grandes tábuas de carvalho oleado, móveis de cores claras em madeira escovada, banco Florence Knoll em tecido rosa-antigo. Flora imaginava Fantine naquele sofá, enrolada numa manta de caxemira, lendo manuscritos pretensiosos e bebericando chás orgânicos de frutas comprados numa nova loja de Hyannis Port.

– O que gostaria de beber? Acabei de preparar um chá gelado.

– Ótimo.

Enquanto Fantine sumia na cozinha, Flora se aproximou da janela. Ao longe, no horizonte, um veleiro solitário empurrado pelas ondas parecia a ponto de desaparecer. Nuvens turbilhonavam no céu. Ela de novo teve a impressão de que a realidade oscilava e teve uma sensação de sufocamento apesar da amplidão do oceano. As falésias que caíam em queda livre, o som das ondas, o grito das gaivotas a atordoavam.

Ela recuou para se refugiar ao lado da lareira. Como no restante da sala, o espaço "perto do fogo" era aconchegante e bem arrumado: um cesto com madeira, um fole quase novo, um suporte de metal polido que guardava um atiçador e uma pinça. No console, uma Pomme Bouche de Claude Lalanne de bronze e uma placa de cobre que Flora já vira pregada à mureta que cercava a casa. Uma rosa dos ventos gravada em metal que enumerava os diferentes ventos conhecidos na Antiguidade. Sob a rosácea, uma inscrição latina avisava: *Depois do sopro dos 24 ventos, não restará nada*. Era um começo e tanto...

– Aqui está o chá.

Flora se virou. A um metro de distância, Fantine lhe estendia um grande copo com gelo. Ela não parecia à vontade.

– Tem certeza de que está tudo bem, Flora?

– Muito bem. Você, por outro lado, parece preocupada.

– O que está fazendo com o atiçador na mão?

– Está com medo de mim, Fantine?

– Não, mas...

– Então deveria.

A editora deu um passo para trás e tentou levar as mãos ao rosto para se proteger do golpe, mas não foi rápida o suficiente. O diabo acabara de fechar uma cortina preta na frente de seus olhos. Ela teve a estranha impressão de ouvir o barulho do próprio corpo caindo no chão, e perdeu os sentidos.

2.

Quando Fantine abriu os olhos, a noite havia caído. Há muito tempo, sem dúvida, pois estava escuro. Uma dor pulsava atrás de seu pescoço, saindo da clavícula e subindo até a nuca. Ela não conseguia enxergar, mas imaginava um inchaço, uma ferida enorme deformando sua pele. Suas pálpebras pesavam como se ela estivesse saindo de uma anestesia. Ela levou um bom tempo para entender onde estava: no alto da torre do farol. No espaço estreito onde antigamente ficava a grande lanterna. Seus punhos e antebraços estavam firmemente amarrados à cadeira Adirondack que costumava ficar na varanda. Presos com uma rede de pesca, seus pés não conseguiam fazer nenhum movimento.

Paralisada e gelada de suor, Fantine tentou girar a cabeça, mas sofreu para conseguir esse movimento. O vento fazia os vidros da cúpula tremerem. Uma meia-lua surgiu de repente entre as nuvens, alta no céu, e se refletiu no mar.

– Flora! – ela gritou.

Mas não obteve resposta.

Fantine estava apavorada. O minúsculo local estava mergulhado na própria sujeira. Cheiro de sal, suor e peixe, embora com certeza nenhum tivesse subido até ali. Era um lugar da propriedade que ela não reformara, no qual não se sentia à vontade e onde nunca pisara, apesar da vista espetacular.

De repente, o assoalho rangeu e Flora apareceu diante dela, com um rosto de pedra, os olhos com um brilho ensandecido.

– O que está fazendo, Flora? Me desamarre!

– Cale a boca. Não quero ouvir sua voz.

– Mas o que está fazendo? Sou sua amiga, Flora, sempre fui.

– Não, você é apenas uma mulher que não tem filhos e não consegue entender.

– Isso não faz nenhum sentido.

– Cale a boca, eu já disse! – Flora gritou, dando uma bofetada na editora.

Fantine se calou, lágrimas escorreram por suas bochechas. Flora se apoiou no parapeito de madeira e vasculhou um estojo de primeiros socorros tirado da ambulância. Encontrou o que estava procurando e se aproximou da editora.

– Nos últimos seis meses, pensei muito, sabe...

Um brilho da lua revelou o que Flora segurava: um bisturi de vinte centímetros.

Fantine sentiu seu pulso se acelerar e o pânico fazer sua barriga doer. Ela podia tentar gritar, mas ninguém a ouviria. Ali, elas estavam praticamente fora do tempo, numa brecha em que não havia fronteira entre passado, presente e futuro. O vento fazia um barulho ensurdecedor, o vizinho mais próximo ficava a mais de um quilômetro de distância e tinha 85 anos.

Tensa, alucinada, Flora desdobrou seu pensamento:

– Desde que Carrie nasceu, você me enche o saco dizendo que fiquei mole, que perdi a sagacidade, a perspicácia, a criatividade. Então descobri o que aconteceu: você raptou minha filha para me mergulhar numa tristeza profunda.

– Claro que não!

– Sim, você sempre acreditou nisso, no método Lobo Antunes: "O homem está a sofrer e o escritor está a pensar como aproveitar esse sofrimento para o seu trabalho". Seus livros preferidos são os escritos com sangue e lágrimas. Você queria que eu me alimentasse de minha dor para escrever um romance. Um romance sobre a dor pura. Um livro que nunca tivesse sido escrito. Porque no fundo, desde o início, você só quer isso: extrair emoções de mim para que eu as transforme em livros.

– Você não pode estar falando sério, Flora, é loucura. Você enlouqueceu com tudo isso.

– Claro, todos os verdadeiros artistas são loucos. Eles têm o cérebro em superatividade constante, sempre a ponto de implodir. Então ouça bem, vou lhe fazer *uma única* pergunta, para a qual quero *uma única* resposta.

Ela aproximou o bisturi dos olhos de Fantine.

– Se a resposta não me agradar, azar o seu.

– Abaixe isso. Por favor.

– Cale a boca. A pergunta: onde está mantendo minha filha?

– Não fiz nada a Carrie, Flora, juro.

Com uma força surpreendente, Flora pegou-a pela garganta e começou a estrangulá-la com uma só mão, furiosa.

– Onde está mantendo minha filha?

Flora soltou a pressão depois de alguns segundos, mas enquanto Fantine recuperava o fôlego a romancista sacou o bisturi num grito raivoso. A arma atravessou a mão da editora e se fincou no espaldar de madeira.

Silêncio. Depois um grito terrível. Fantine olhava com horror para a própria mão pregada à cadeira, o rosto deformado pela dor.

– Por que me *obriga* a fazer isso? – perguntou Flora.

Ela enxugou o suor da testa e, num impulso, vasculhou de novo o estojo de primeiros socorros e pegou outro bisturi, menor e mais afiado.

– O próximo vai primeiro furar seu tímpano, antes de atingir seu cérebro – ela avisou, agitando o bisturi diante dos olhos aterrorizados da editora.

– Acalme-se... acalme-se – ofegou Fantine, quase desmaiada.

– Onde está mantendo minha filha? – repetiu Flora.

– Está bem, vou... Vou dizer a verdade.

– Não me diga que *vai* dizer a verdade. Diga! Onde está Carrie?

– Num cai... num caixão.

– O quê?

– Num caixão – ela gemeu. – No cemitério de Green-Wood, no Brooklyn.

– Não, você está mentindo.

– Carrie está morta, Flora.

– Não!

– Faz seis meses que ela morreu. Faz seis meses que você está internada em Blackwell porque se recusa a admitir a verdade!

3.

Flora ouviu a última frase e recuou cambaleando, como se tivesse acabado de receber um tiro na barriga. Ela tapou os ouvidos com as mãos, incapaz de ouvir a continuação daquela verdade tão ardentemente desejada.

Ela abandonou Fantine à própria sorte, desceu as escadas até o térreo e saiu na escuridão. Uma vez ao ar livre, deu alguns passos na direção da falésia. A noite estava magnífica, com uma claridade límpida e ofuscante. O vento aumentava, as ondas batiam contra as rochas. Imagens insuportáveis, reprimidas por tempo demais, crepitavam diante de seus olhos.

Todos os diques de sua mente se abriam, afundando seu último refúgio, submergindo a última porção de um território que ela conseguira preservar fora das zonas inundáveis. O maremoto carregou tudo ao passar, estilhaçando as defesas mentais erigidas nos últimos seis meses e ligando o disjuntor que mantinha seu cérebro ao abrigo da pior realidade: sua própria responsabilidade na morte da filha.

Na beira da costa rochosa e escarpada, Flora entendeu que se jogaria no vazio para dar um fim aos horrores que desfilavam dentro de sua cabeça. Nenhuma forma de vida é possível quando você matou sua filha de três anos.

Alguns segundos antes da libertação, um halo dourado surgiu às suas costas. O homem-coelho com roupa de valete emergiu do círculo luminoso. O brilho da lua cintilava nos galões e botões dourados de seu paletó vermelho. Sua cabeça parecia deformada, ainda mais assustadora que da última vez. Flora pensou que ele teria aterrorizado sua pequena Carrie com aqueles dentes imensos e aquelas orelhas pontudas e caídas. Mas Carrie devia ter se sentido ainda mais horrorizada ao se sentir caindo do sexto andar.

O coelho não tentava esconder um sorriso triunfante.

– Eu já disse: não importa o que você faça, nunca poderá mudar o fim da história.

Dessa vez, Flora nem tentou responder. Simplesmente abaixou a cabeça. Queria que tudo aquilo terminasse. O mais rápido possível. Satisfeito com sua vitória, o coelho exultou:

– A realidade sempre faz vomitar.

Depois, estendeu a grande pata felpuda a Flora e apontou com a cabeça para o abismo que se abria a seus pés.

– Vamos pular?

Quase aliviada, Flora assentiu e pegou a mão dele.

À luz do dia

Minha Carrie.

A tarde do dia 12 de abril de 2010 foi bonita, clara e ensolarada, como Nova York costuma oferecer na primavera. Fiel a nossos hábitos, fui buscá-la a pé na escola.

De volta ao Lancaster Building, nossa casa, no número 396 da Berry Street, você tirou os tênis e colocou sua pantufa preferida, cor-de-rosa com pompons macios, presente da madrinha Fantine. Você me seguiu até o aparelho de som e me pediu para ouvir uma música, batendo palmas. Você me ajudou um pouco a esvaziar a máquina de lavar e a estender a roupa, depois quis brincar de esconde-esconde.

– Não vale roubar, mamãe! – você exigiu, acompanhando-me até o quarto.

Beijei seu narizinho. Depois, com as mãos sobre os olhos, comecei a contar em voz alta, nem devagar nem rápido demais.

– Um, dois, três, quatro, cinco...

Lembro da luz quase irreal daquela tarde. Um halo alaranjado que coloria o apartamento de que eu tanto gostava e no qual éramos tão felizes.

– ...seis, sete, oito, nove, dez...

Lembro muito bem do som macio de seus passinhos no assoalho. Ouvi-a atravessar a sala, empurrar a poltrona Eames que ficava na frente da imensa janela de vidro. Minha mente estava levemente entorpecida pelo calor do apartamento e pela melodia que pairava, aqui e ali.

– ...onze, doze, treze, catorze, quinze...

Nunca fui tão feliz quanto naquele ano. Eu adorava viver com você, brincar com você, eu amava nossa cumplicidade. Naqueles anos apocalípticos, a imprensa difundia reportagens e histórias sobre casais que explicavam, em nome da catástrofe ecológica e da superpopulação, terem feito a escolha "sensata" de não ter filhos. Era uma escolha que eu respeitava, mas que não era minha.

– ...dezesseis, dezessete, dezoito, dezenove e vinte.

Abri os olhos e saí do quarto.

– Atenção, atenção! Mamãe está chegando!

A coisa que eu mais amava no mundo era compartilhar momentos com você, e o simples fato de ter vivido esses momentos desculpa e justifica todo o resto.

Dá sentido a todo o resto.

– Carrie não está embaixo das almofadas... Carrie não está atrás do sofá...

Um vento gelado percorreu subitamente a peça, como uma corrente de ar. Segui com os olhos um raio de sol que tocava o assoalho claro. Na altura do chão, um dos grandes painéis envidraçados da parede de vidro girara, deixando um espaço aberto no vazio.

Meu coração parou, uma bola de terror trancou minha garganta e perdi os sentidos.

Filha da romancista Flora Conway morre em queda de seis andares

AP, 13 de abril de 2010

Carrie Conway, três anos, filha da escritora galesa Flora Conway, morreu ontem à tarde ao despencar do sexto andar do Lancaster Building. Logo depois de voltar da escola, a garotinha caiu na calçada da Berry Street, na frente da entrada do prédio no Brooklyn, onde vivia com a mãe desde janeiro passado. Gravemente ferida, ela morreu na ambulância em decorrência da queda.

Segundo os primeiros levantamentos, a queda teria acontecido de uma janela do apartamento que teria permanecido acidentalmente aberta depois da visita de uma empresa de limpeza.

"Neste estágio da investigação, sua morte parece um trágico acidente", declarou o *detective* Mark Rutelli, primeiro policial a chegar ao local da tragédia.

Em estado de choque, Flora Conway foi levada ao Blackwell Hospital da Roosevelt Island. O pai da menina, o bailarino Romeo Filippo Bergomi, não estava nos Estados Unidos no momento do acidente.

*

A negligência culposa de Flora Conway

New York Post, 15 de abril de 2010

As circunstâncias da morte da pequena Carrie Conway se delineiam com mais clareza. [...]

Na noite da tragédia, a *lieutenant* Frances Richard, supervisora da investigação policial, informou que seus colegas do Health Department tinham assumido o âmbito administrativo das investigações. Um processo foi aberto para verificar a adequação do imóvel às leis urbanas municipais. O Lancaster, um belo prédio de ferro fundido localizado na Berry Street, era usado como depósito de uma manufatura de brinquedos. Antes de ser luxuosamente renovado, permaneceu desocupado por quase três décadas.

Os escritórios do corretor de imóveis que comercializou os apartamentos foram esquadrinhados com um mandado de busca e apreensão na terça-feira. Os documentos encontrados na ocasião mostram que a venda foi assinada e as chaves entregues à sra. Conway antes da conclusão das obras de renovação e, acima de tudo, antes da verificação de segurança das aberturas. No entanto, a transação foi realizada segundo as regras, pois a sra. Conway assinou um termo de compromisso. Nesse documento, ela se comprometia a colocar todas as aberturas envidraçadas dentro das normas de segurança, com o acréscimo de parapeitos internos, pagando por isso do próprio bolso. "Segundo uma inspeção de nossos serviços, a implementação das normas de segurança não foi realizada pela sra. Conway", afirmou Renatta Clay, chefe do NYC Law Dpt, durante uma breve declaração à imprensa. Essa negligência, portanto, e não alguma ação do corretor ou da empresa de limpeza, é a responsável direta pela morte trágica de sua filha. "Essa constatação", acrescentou Clay, "não coloca em causa o caráter acidental da morte de Carrie Conway", especificando que nenhuma acusação criminosa será feita contra qualquer pessoa neste caso.

O enterro da menina está previsto para sexta-feira, 16 de abril, no cemitério de Green-Wood, no Brooklyn, numa cerimônia íntima.

11
A liturgia das horas

> *Somente aquele que desce aos Infernos salva a bem-amada.*
>
> Søren Kierkegaard

Três meses depois.
14 de janeiro de 2011.

Não houve nenhum milagre, pelo contrário. Assim que se recuperou, Almine viajou para Nova York. Prevista para o Natal, a partida aconteceu no início das férias de outono. Passei a receber apenas notícias esparsas de meu filho. A comunidade ecológica da Pensilvânia até a qual Almine seguira Zoé Domont se vangloriava de ser uma área sem Wi-Fi, com uma rede telefônica que funcionava de modo aleatório, muito conveniente para que minhas chamadas não fossem atendidas.

Hoje – dia de seu aniversário –, Théo foi rapidamente hospitalizado em Manhattan para uma intervenção benigna, a colocação de um dreno no ouvido direito, que estava sempre com otite. Pude falar com ele alguns minutos por videoconferência para tranquilizá-lo antes da entrada na sala de cirurgia.

Quando ele desligou, fiquei vários minutos imóvel, os olhos no vazio, atordoado, pensando nos traços finos do rosto de meu filho, em seu olhar radiante que revelava sua fome de vida e de descobertas. O lado ao mesmo tempo cândido e curioso que Almine ainda não conseguira estragar.

Nevava desde a manhã. Debilitado pela tristeza e por uma bronquite persistente, decidi me deitar. Desde que Théo fora tirado de mim, eu desistira de tudo. Meu sistema imunológico se tornara uma esponja. Gripe, sinusite, laringite, gastrite: eu não era poupado de nada. Derrotado, atravessei o túnel das festas de fim de ano encolhido em mim mesmo. Eu não tinha mais família e nunca tive amigos de verdade. Meu agente tentou manter um relacionamento amigável, mas acabei insultando-o e mandando-o pastar. Não quis sua compaixão. De resto, a "grande família editorial" me abandonou em campo aberto. O que não me surpreendeu nem afetou. Sei há muito tempo, como disse Albert Cohen, que "cada homem está só, ninguém está nem aí para ninguém, e nossas dores são uma ilha deserta". E a distância covarde que eles tomavam de mim tinha como único corolário o desprezo que aquilo tudo sempre me inspirara.

Acordei por volta das cinco horas da tarde, queimando de febre e sufocando. Eu tinha tomado um quarto de litro de xarope para tosse na véspera e continuava mal, apesar do paracetamol e dos antibióticos. Esforcei-me para me sentar na cama e chamei um táxi.

Como nunca tive um clínico geral, consegui me arrastar até o pediatra que cuidava de Théo desde que ele nascera. Um excelente pediatra à moda antiga que tinha consultório no XVII *arrondissement*. O doutor gostava de meus livros e, vendo meu triste estado, deve ter ficado com pena de mim. Ele me auscultou e me pediu na mesma hora para fazer uma radiografia dos pulmões, fazendo-me prometer que segunda-feira consultaria um colega pneumologista. Ele garantiu que o contataria para encontrar um horário.

Dirigi-me imediatamente ao Instituto de Radiologia de Paris, onde esperei umas boas duas horas até poder sair com uma chapa preocupante do estado de meus alvéolos.

Com a mente em desordem, dei alguns passos pela calçada gelada, no cruzamento da Avenue Hoche com a Rue du Faubourg-Saint-Honoré. As temperaturas tinham se mantido abaixo de zero o dia todo. A luz do dia havia sumido há tempo e acho que nunca senti tanto frio. A febre, que voltara, me fazia cambalear e me dava a impressão de congelar. Eternamente distraído, eu tinha esquecido o celular em casa, o que me impedia de chamar um táxi. Com o olhar embaralhado, procurei um táxi livre rodando à noite. Depois de dois minutos, decidi caminhar até a Place des Ternes, onde teria mais chances de encontrar um veículo. Não havia exatamente uma névoa, mas continuava nevando, o que diminuía a velocidade do trânsito. Em Paris é assim: dois centímetros de neve e o mundo para.

Percorri cem metros e virei à direita para me afastar do monstruoso engarrafamento que paralisava o bairro. A pequena Rue Daru, onde acabei entrando, me era desconhecida. Em vez de me fazerem desistir, os flocos prateados que me atingiam de frente me hipnotizavam e me guiavam na direção de uma luz dourada que parecia flutuar acima do céu encardido. Dei mais alguns passos e descobri uma igreja russa em plena Paris.

Eu sabia da existência da catedral Saint-Alexandre-Nevsky, lugar de culto histórico da comunidade russa da capital, mas nunca a visitara. De fora, o edifício era uma pequena joia em estilo bizantino: cinco flechas encimadas por domos e cruzes douradas, cinco torres de pedra branca que se destacavam da escuridão numa harmonia celeste.

A construção agia sobre mim como um ímã. Algo me atraiu para seu interior. Uma curiosidade, uma esperança, uma promessa de calor.

O cheiro forte de cera derretida, incenso e mirra me envolveu ao entrar. A igreja fora construída segundo uma planta na forma de cruz grega, com cada extremidade se abrindo para uma pequena abside que se elevava numa pequena torre.

Como um turista, observei os elementos de decoração típicos das igrejas ortodoxas: ícones em profusão, a dominação da cúpula central, que nos aspira para o alto, mas também a mistura indefinível de austeridade e douraduras. Apesar de um candelabro monumental que parecia todo empoeirado, apesar das florestas de velas com chamas bruxuleantes, a luz era fraca. E o lugar, quase deserto, era varrido por correntes de ar frio. Um navio fantasma benevolente, atracado ao perfume penetrante de resina e goma aromática.

Caminhei até um castiçal imponente cuja luz aureolava uma grande tela acadêmica: *Jesus pregando no mar de Tiberíades*. A penumbra facilitava o recolhimento. Eu não sabia direito por que estava ali, mas de repente me senti no lugar certo. No entanto, nunca tive fé. Por muito tempo, o único deus em que acreditei foi eu mesmo. Ou melhor, digamos que, atrás de meu teclado, por muitos anos considerei-me Deus. Ou, para ser exato, desafiei um deus em quem eu não acreditava, construindo um mundo – meu mundo – não em seis dias, mas em vinte romances.

Sim, muitas vezes me tomei por um demiurgo. Em minhas interações com os outros, eu representava o papel do romancista humilde apesar do sucesso. Mas não em meu trabalho de escrita. Desde que me lembro, sempre tive predisposição para colocar em cena personagens de minha imaginação, para me rebelar contra a realidade, mandá-la à merda e retocá-la segundo minha vontade.

Porque, fundamentalmente, escrever era isso: desafiar a ordem do mundo. Conjurar, por meio da escrita, suas imperfeições e seu absurdo.

Desafiar Deus.

Naquela noite, porém, naquela igreja, tremendo de febre, perdido em delírios, eu estava pouco à vontade. Sentia-me esmagado pela altura da abóbada. Mais um pouco, começaria a andar encurvado. Como o filho pródigo que volta ao lar, eu estava disposto a qualquer coisa para ser perdoado. Para rever Théo, eu estava disposto a renegar tudo, a abdicar de tudo.

Bruscamente, fui tomado de vertigens e me encostei numa coluna de mármore negro. Nada daquilo era verdade, a febre me fazia delirar. Um gosto ácido me subiu do estômago. Meu corpo se desconjuntava. Senti falta de oxigênio. Meu coração necrosado e gangrenado pela tristeza ora se acelerava, ora esmorecia. Eu estava completamente sem energia. Meu corpo era uma terra arrasada, queimada e coberta de neve.

Dei alguns passos em direção à saída. Eu só queria me atirar num colchão e mergulhar num sono eterno. Minha vida havia parado desde que eu perdi Théo. O futuro não passava de um longo túnel de gelo do qual eu nunca veria a saída. No fim, eu nem precisava de colchão ou cobertas. Eu só precisava deitar, em qualquer lugar, no chão, à espera de que viessem me enxotar como um cachorro.

Perto da saída, dei meia-volta, guiado por uma mão invisível, e voltei sobre meus passos até a estátua em madeira de um Cristo aureolado. Como se pronunciado por outra pessoa, um pedido, meio promessa, meio desafio, saiu de minha boca em voz alta:

– Se me devolver meu filho, paro de me considerar Você. Se me devolver meu filho, paro de escrever!

Eu estava sozinho no silêncio da igreja. Perto dos castiçais e das lâmpadas a óleo, voltei a sentir o calor circulando por minhas veias.

Na rua, nevava.

Em Nova York, um jovem francês de sete anos consegue pegar um avião sozinho e sem passagem!
Le Monde, 16 de janeiro de 2011

Sexta-feira à noite, um menino de sete anos, hospitalizado em Nova York, conseguiu escapar da vigilância da mãe e dos funcionários do aeroporto de Newark e subir a bordo de um voo para Paris.

Romain Ozorski nunca ousaria contar essa história em seus romances. Até seus leitores mais fiéis a teriam considerado improvável. No entanto...

No fim da tarde de sexta-feira, Théo, sete anos, filho do famoso escritor, vivendo com a mãe na Pensilvânia, conseguiu fugir do hospital Lenox, no Estado de Nova York (Upper East Side Manhattan), onde estava hospitalizado para uma intervenção benigna. Previdente, o menino chamou um Uber com o telefone surrupiado de uma enfermeira. No carro, convenceu o motorista de que seus pais o esperavam no aeroporto de Newark.

Chegando ao terminal, o menino conseguiu a façanha de passar por não menos que quatro pontos de controle – verificação de passaportes, controle de bagagens, detector de metais, controle de cartões de embarque – e subir a bordo de uma aeronave da companhia New Sky Airways.

Segurança falha

Os vídeos das câmeras de segurança mostraram a técnica engenhosa do menino, que, na confusão dos voos de final de semana, conseguiu se misturar à multidão para passar despercebido e, acima de tudo, colar-se a uma família numerosa fingindo ser um de seus membros. Uma vez no avião, o menino se escondeu duas vezes no banheiro para evitar a contagem de passageiros antes de se sentar em assentos desocupados e divertir os passageiros com seus truques de mágica. Somente três horas antes da aterrissagem uma aeromoça descobriu a verdade, enquanto o avião sobrevoava o Atlântico e não podia mais dar meia-volta.

Neste ano, em que se completam dez anos dos atentados de 11 de setembro de 2001 e em que os passageiros são teoricamente submetidos a controles de segurança cada vez mais estritos, tudo isso foi muito mal-recebido. Um episódio romanesco que não divertiu nem um pouco Patrick Romer, chefe de segurança do aeroporto de Newark: "O incidente resulta de uma infeliz convergência de circunstâncias e mostra que nosso sistema de segurança ainda precisa ser melhorado, o que faremos o mais rapidamente possível". Ray LaHood, secretário de Transportes da administração Obama, também julgou o acontecimento "lamentável", garantindo que a segurança dos passageiros nunca foi comprometida. A companhia New Sky Airways, por sua vez, já demitiu os funcionários encarregados do embarque, apesar de afirmar que o controle de passageiros durante o embarque não era sua responsabilidade, mas do aeroporto.

Vida melhor que a ficção
Ao chegar em Roissy, Théo Ozorski foi encaminhado à polícia aérea e de fronteiras e temporariamente entregue ao avô materno.

Théo justificou a fuga com o fato de não querer mais viver com a mãe nos Estados Unidos. "Quero morar com meu pai e voltar à minha escola em Paris", ele disse aos policiais. [...] Interrogado por nosso jornal, Romain Ozorski se disse "admirado e orgulhoso" do gesto do filho, saudando sua "coragem e ousadia" e vendo nisso a maior prova de amor que já recebeu.

"Em raras ocasiões, a vida é mais imaginativa que a ficção", ele observou, "e quando isso acontece, esses momentos ficam gravados em nós para sempre." [...] A respeito do conflito que o opõe à esposa há vários meses, Ozorski disse que esse novo episódio lhe dava um motivo a mais para limpar sua honra, e que lutará até seu último suspiro para reaver a guardar plena e total do filho. Contatada, Almine Ozorski não quis se manifestar.

A TERCEIRA FACE DO ESPELHO

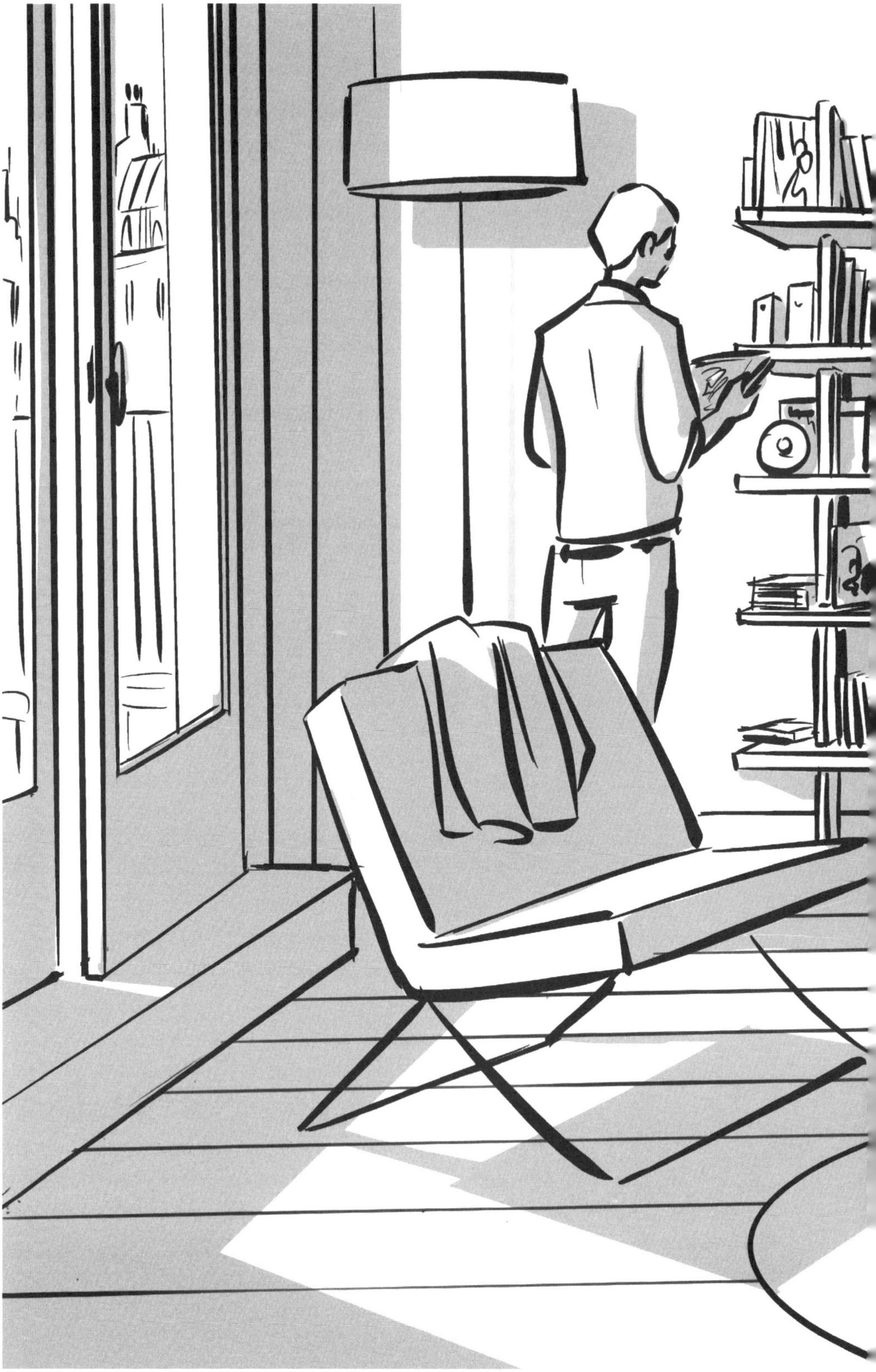

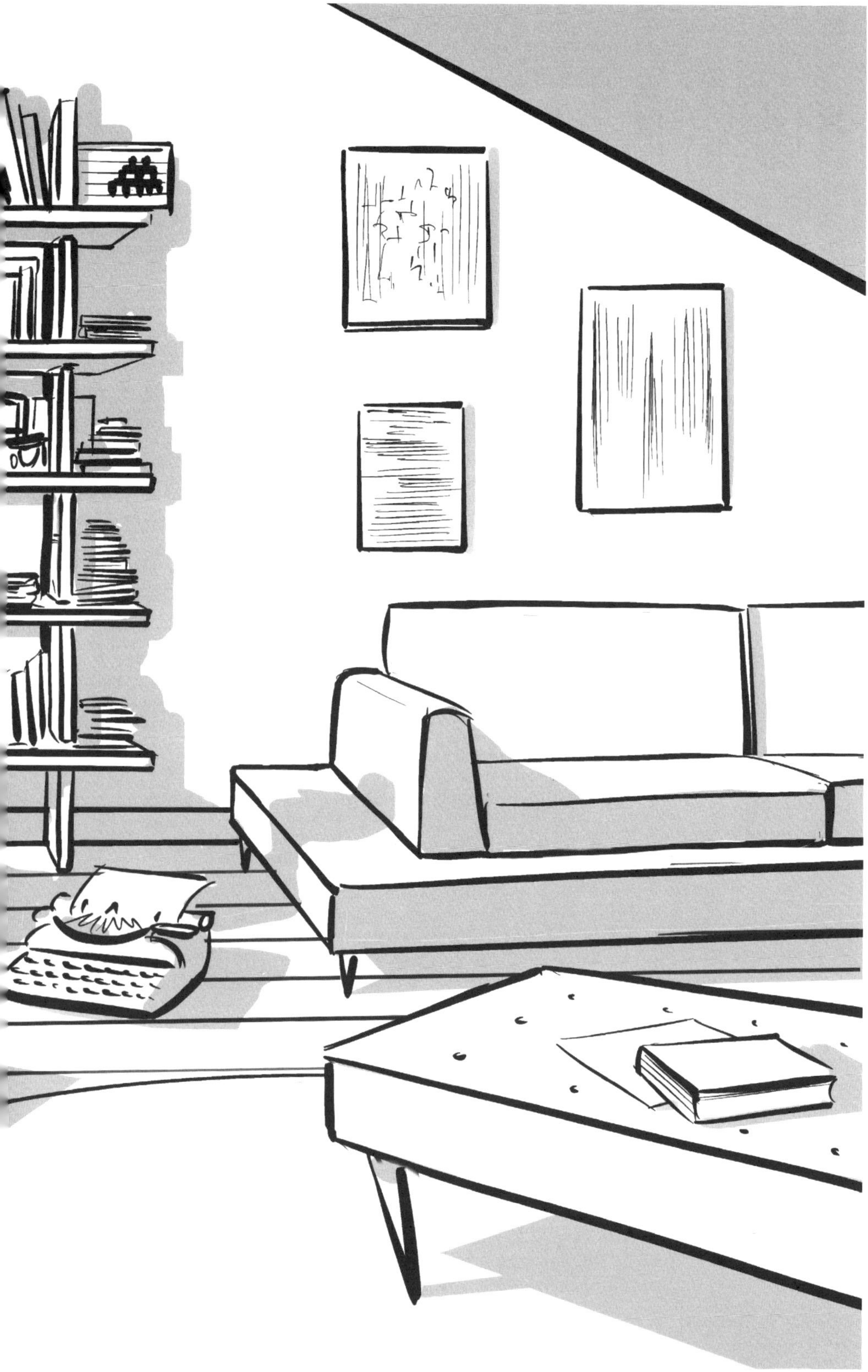

12
Théo

Nossos dias só são bonitos por seus amanhãs.

Marcel Pagnol

1.

Onze anos depois.

18 de junho de 2022, aeroporto de Bastia, Córsega.

– Você é a única pessoa que nunca me decepcionou, Théo. A única que foi além das minhas expectativas.

Devo reconhecer que meu pai sempre foi muito carinhoso comigo e nunca deixou de demonstrar sua gratidão. Ele me repetiu essas duas frases um número incalculável de vezes desde minha infância. Preciso dizer que, para ele, todo mundo decepcionou Romain Ozorski: sua mulher, seus editores, seus amigos. Acho até que a pessoa que mais decepcionou Romain Ozorski foi o próprio Romain Ozorski.

– Vamos logo, campeão – ele disse, me estendendo a mochila –, assim vai acabar perdendo o avião!

Ele sempre usa o mesmo tom ao falar comigo. Usa os mesmos apelidos, "campeão", "meu Théo", "filhote", de quando eu tinha seis anos. Eu gosto.

Vim visitá-lo na Córsega, onde ele se instalou quando comecei o primeiro ano de medicina. Passamos alguns dias agradáveis nas florestas de Castagniccia, durante os quais ele tentou manter as aparências. Mas eu sentia que era um momento delicado: ele tinha perdido Sandy, seu labrador, em maio, e se entediava muito entre cabras e castanheiras. Entendi com o passar dos anos: meu pai é um solitário que não gosta de solidão.

– Ligue quando chegar, está bem? – ele pediu, colocando a mão em meu ombro.

– Mas sua casa não tem sinal.

– Ligue mesmo assim, Théo – ele insistiu.

Ele tirou os óculos de sol. Entre os pés de galinha, seus olhos emitiam um brilho cansado.

Ele piscou para mim e acrescentou:

– Não se preocupe comigo, filhote.

Ele despenteou meus cabelos. Abracei-o, coloquei a mochila nas costas e estendi a passagem à fiscal. Antes de entrar, nossos olhares se cruzaram uma última vez. Cúmplices, como sempre. Mas também cheios do tormento sempre vivo das lutas que travamos juntos no passado.

2.

Na sala de embarque, senti-me só. Realmente só. Subitamente. Como sempre acontecia quando eu o deixava. Cercado por um exército de sombras brancas que me fazia sentir desamparado e às vezes chegava a me fazer chorar.

Em busca de algum reconforto, comecei a procurar *um*. Um leitor que estivesse com um livro de meu pai. Com o tempo, eles se tornaram menos comuns que antes. Quando eu era criança, lembro que seus livros estavam realmente por toda parte. Em bibliotecas, aeroportos, metrôs, salas de espera. Na França, na Alemanha, na Itália, na Coreia do Sul. Com jovens, velhos, mulheres, homens, pilotos de avião, enfermeiras, caixas de supermercado. Todo mundo lia Ozorski. Eu era ingênuo. Como nunca conhecera outra situação, parecia-me normal que milhões de leitores lessem as histórias imaginadas por meu pai. Levei vários anos para de fato tomar consciência do caráter extraordinário daquilo.

Por sorte, naquele sábado, 18 de junho, no aeroporto de Bastia-Poretta, uma jovem sentada no chão ao lado de uma máquina automática de comida – com uma mochila enorme, dreadlocks, calça saruel e tambor djembê – estava absorta na leitura de *O homem que desaparece*, numa velha edição de bolso com a capa puída. Aquele era um dos meus romances preferidos de meu pai. Ele o escrevera no ano de meu nascimento, na época em que era o "escritor preferido dos franceses". Eu sempre me emocionava quando via um leitor mergulhado em algum de seus romances. Meu pai dizia que aquilo já não o comovia há muito tempo, mas eu sabia muito bem que não era verdade.

Romain Ozorski, meu pai, publicou dezenove romances. Todos foram best-sellers. O primeiro, *Os mensageiros*, foi escrito quando ele tinha 21 anos e também era aluno de medicina. O último foi lançado na primavera de 2010, quando eu tinha seis anos. Se procurar seu nome da Wikipédia, verá que os livros de Ozorski foram traduzidos para mais de quarenta línguas e venderam 35 milhões de exemplares.

Esse impulso criativo acabou de repente no inverno de 2010, logo depois que minha mãe decidiu deixá-lo e me levar para os Estados Unidos. Depois daquele dia, meu pai guardou as canetas, fechou o computador e começou a odiar seus livros. Segundo ele, eles tinham certa responsabilidade em sua tragédia conjugal e nas consequências dolorosas que se seguiram. Ele sempre falava deles como algo externo à sua pessoa. Inimigos potenciais que teriam conseguido entrar em nossa casa para nos atacar e destruir nosso lar.

A razão profunda para seu afastamento da escrita sempre me escapou. "Viver ou escrever, é preciso escolher", ele sempre repetia quando eu abordava a questão. Durante a infância, nunca calculei direito a tristeza de tudo isso. Egoisticamente, fiquei contente de ver meu pai em casa, de ser buscado por ele na escola todos os dias, de sua disponibilidade incansável, de irmos ao Parc des Princes a cada quinze dias e ao cinema todas as quartas-feiras, de viajarmos em todas as férias escolares, de fazermos torneios de pingue-pongue por horas a fio, de jogarmos longas partidas de FIFA, Guitar Hero ou Assassin's Creed.

Uma voz anunciou o início do embarque. Deixei a multidão se acotovelar na frente das duas aeromoças, como se não houvesse lugar para todos no avião. Meu mal-estar se transformara em preocupação. Era difícil ver meu pai envelhecer com aquele cansaço profundo. Sempre acreditei que as coisas acabariam mudando. Que ele recuperaria a alegria de viver e que um novo amor quem sabe o iluminaria. Mas não, pelo contrário. Desde que eu deixei Paris para estudar em Bordeaux e ele se exilou ali, suas crises de melancolia se intensificaram.

Você é a única pessoa que nunca me decepcionou, Théo.

Suas palavras ecoavam em minha cabeça, e eu dizia para mim mesmo que não tinha feito nada para merecer aquela gratidão.

Tomado por um mau pressentimento, dei meia-volta e saí da zona de embarque, apesar dos protestos dos funcionários de solo. Meu pai tinha 57 anos, não era velho. Por mais que me dissesse para eu não me preocupar com ele, aquilo não me tranquilizava. Quando eu era pequeno, ele me chamava de "o Mágico" ou "Houdini", porque o primeiro trabalho que fiz na escola foi sobre o ilusionista de origem húngara, porque eu passava todo meu tempo tentando aperfeiçoar truques do qual ele costumava ser o único espectador e porque consegui driblar a segurança de um dos aeroportos mais vigiados dos Estados Unidos para ir a seu encontro em Paris. Mas aquele tempo passara. Eu não era mais "o Mágico", não tinha sequer o poder de impedi-lo de afundar na areia movediça da depressão.

Atravessei o hall do aeroporto correndo e cheguei ao estacionamento. O ar estava seco e quente, como se estivéssemos em agosto. De longe, avistei sua silhueta alta. Ele estava de pé, as costas apoiadas no carro, imóvel.

– Pai? – gritei, correndo em sua direção.

Ele se virou lentamente, levantou a mão para me fazer um sinal, esboçou um início de sorriso.

E caiu, derrubado por uma flecha invisível que acabava de atingi-lo em pleno coração.

Escritor Romain Ozorski vítima de ataque cardíaco

Corse Matin, 20 de junho de 2022

O romancista Romain Ozorski está hospitalizado desde sábado, 18 de junho, no centro hospitalar de Bastia, depois de ter sido vítima de um ataque cardíaco. Tomado por um violento mal-estar, o autor caiu no estacionamento do aeroporto Poretta, onde estava com o filho.

Por sorte, bombeiros que estavam no local para outra intervenção prestaram os primeiros socorros e usaram um desfibrilador enquanto o SAMU era chamado.

No hospital, a equipe médica diagnosticou graves lesões das artérias coronárias, que levaram a uma cirurgia de emergência. "Começamos a operação às quatro horas da tarde e a encerramos logo depois das oito horas da noite", disse a professora Claire Giuliani. Uma cirurgia durante a qual a médica fez uma ponte de safena tripla no paciente.

"O sr. Ozorski acordou em estado satisfatório", continuou a sra. Giuliani. "Ele não corre perigo", mas ainda é cedo para saber se o escritor terá sequelas neurológicas da intervenção. "Ozorski é um autor que li muito quando mais jovem", contou-nos a cirurgiã, que pensa em pedir um autógrafo ao paciente quando este estiver definitivamente fora de perigo. Outrora muito prolífico, Romain Ozorski não publica nenhum romance há doze anos. Ele foi casado com a ex-modelo britânica Almine Alexander, morta de overdose em 2014, na ocupação ilegal de um imóvel na Itália. O único filho do casal, Théo, segue ao lado do pai.

13
A glória de meu pai

> *Eu estava cansado de ser apenas eu mesmo. Estava cansado da imagem de Romain Gary atribuída a mim implacavelmente há trinta anos.*
>
> Romain Gary

1.

Dois dias depois.

Paris.

Empurrei a porta, que abriu sem ranger. Fazia doze anos que eu não pisava naquele apartamento. Uma eternidade.

Meu pai mentira para mim. Durante todos aqueles anos, dizia ter vendido o escritório onde costumava trabalhar quando eu era pequeno. Além de tê-lo conservado, o lugar – que tinha um cheiro bom de flor de laranjeira e limão negro – não estava nem um pouco abandonado. Na verdade, o escritório era um apartamento em mansarda, com três peças, localizado na Place du Panthéon, onde minha mãe e ele tinham vivido antes do meu nascimento. Três *chambres de bonne* que, mais tarde, foram transformados no ateliê onde ele escrevia todos os dias, ou quase, até o início de 2010.

"Preciso pedir um favor, Théo..." No hospital, ao acordar depois da cirurgia, essa foi a primeira frase que ele disse. "Quero que vá a meu escritório no Panthéon e me traga uma coisa."

Ele me disse para pegar a chave com o zelador, que, por sua vez, me garantiu que não via o sr. Ozorski há no mínimo dez anos, embora alguém limpasse o apartamento a cada três semanas.

Abri a persiana elétrica da porta de vidro. O interior era como em minhas lembranças. Piso de carvalho oleado, decoração minimalista – poltrona Barcelona, sofá de couro, mesa de centro de madeira petrificada, escrivaninha de nogueira encerada – e algumas obras de arte de que meu pai gostava, até se desinteressar de tudo, menos de mim: um pequeno mosaico do Invader, uma escultura Pomme Bouche de Claude Lalanne, uma tela assustadora de Sean Lorenz representando um homem-coelho que me fazia ter pesadelos quando pequeno.

Na biblioteca, os autores que ele admirava: Georges Simenon, Jean Giono, Pat Conroy, John Irving, Roberto Bolaño, Flora Conway, Romain Gary, François Merlin. Num porta-retrato, uma foto de nós três na praia da Baie des Singes. Estou nos ombros de meu pai e minha mãe caminha a seu lado. Ela está bonita e parece apaixonada. Estamos cheios de areia e sal, o sol salpica nossos cabelos. Parecemos felizes. Fico contente que ele tenha guardado essa foto. Ela prova que algo bonito e forte existiu entre eles por algum tempo, apesar do que veio depois. E que sou fruto daquilo.

Emoldurado ao lado de um desenho que fiz para seu aniversário, a famosa página do *Le Monde* datada de 16 de janeiro de 2011: **Em Nova York, um jovem francês de sete anos consegue pegar um avião sozinho e sem passagem!**

Olho para a foto, um pouco desbotada pelo tempo, no centro da moldura. Cercado por dois policiais, faço o V da vitória com os dedos. Meu sorriso radiante revela meus dentes de leite afastados. Uso uns óculos redondos coloridos, uma jaqueta vermelha, um jeans e, na cintura, um chaveiro do robô Grendizer.

É o momento de glória de minha vida. Na época, aquela imagem passou na CNN sem parar e apareceu nos grandes noticiários da televisão. Um ministro de Barack Obama quase perdeu o emprego. Depois desse episódio, minha mãe abandonou o campo de batalha, aceitou que eu fosse à escola em Paris e vivesse com meu pai. Eu tinha limpado o nome Ozorski, restabelecido sua honra e até obrigado aquele jornal, que nunca falara positivamente de seus dezenove romances, a colocá-lo na capa. Sei o final do artigo de cor, mas releio-o porque ele sempre me deixa triste, e depois feliz:

> Interrogado por nosso jornal, Romain Ozorski se disse "admirado e orgulhoso" do gesto do filho, saudando sua "coragem e ousadia" e vendo nisso a maior prova de amor que já recebeu.

Ainda nos primeiros anos de minha vida, fui aquele mágico incrível, capaz de mobilizar o próprio coração e a própria inteligência para ajustar a realidade a seus desejos. Manipulei o real e tornei possível o impossível.

O sol faz o chão brilhar. Eu frequentara aquele apartamento várias vezes, aos sábados ou quartas-feiras à tarde, quando Kadija não podia ficar comigo. Meu pai comprara um pebolim e um fliperama para me distrair. Eles continuam num canto da peça, ao lado de uma coleção de vinis e do cartaz do filme *O magnífico*.

"– Quero que você pegue duas coisas no apartamento, Théo. Primeiro, uma pasta preta que está na gaveta de cima da escrivaninha.
– Posso abri-la?
– Se quiser."

Sentei na cadeira de couro claro que meu pai usava para escrever. À minha frente, sobre a mesa, um grande pote de cerâmica guardava canetas luxuosas, presentes de seu editor, que ele nunca usava. Na gaveta, a famosa pasta. Abri-a para fazer um inventário do que continha. Um pacote de folhas A4 numeradas, sobre as quais estava impresso um texto. Os capítulos e a paginação não deixavam dúvida: eu tinha nas mãos um texto inédito de Romain Ozorski! Pelo menos ele estava anotado nas margens com a letrinha pequena de meu pai, com correções.

O texto não tinha título, mas era composto de duas partes. A primeira se chamava *A garota no Labirinto*, a segunda, mais longa, *Um personagem de romance*. Decidi deixar a leitura para mais tarde, mas ao passar as páginas alguns nomes familiares me saltaram aos olhos, a começar pelo meu! E meu pai, minha mãe e Jasper Van Wyck. Estranho. Meu pai nunca mantivera um diário ou escrevera autoficção. Seus romances, que exaltavam a imaginação e a evasão, eram o oposto do narcisismo e da auto-observação. Outra curiosidade chamou minha atenção: a data em que a história se passava. O difícil final de ano de 2010, que nos tornou todos tão infelizes. A tentação foi grande demais. Peguei o manuscrito e me instalei no sofá para começar a leitura.

2.

Quando virei a última página, uma hora e meia depois, eu estava com lágrimas nos olhos e as mãos trêmulas. A leitura tinha sido comovente e penosa. Eu tinha lembranças exatas e dolorosas daqueles episódios, mas nunca calculara o sofrimento vivido por meu pai à época. E tampouco compreendera a que ponto minha mãe fora maquiavélica. Nos anos que se seguiram aos fatos, ele teve a sabedoria de nunca a constranger na minha frente, sempre desculpando seus atos. Também descobri por que meu pai parara de escrever. Por causa de uma promessa feita numa noite de neve dentro de uma igreja ortodoxa. Aquilo mexeu comigo, e me pareceu um imenso desperdício.

Uma coisa, no entanto, me deixava perplexo: a entrada em cena da escritora Flora Conway. Eu lembrava que meu pai me recomendara um livro dela alguns anos antes, mas que eu soubesse eles não eram amigos e eu nunca ouvira falar daquela história trágica sobre sua filha que morreu ao cair do último andar de um prédio nova-iorquino.

Peguei o celular e abri a Wikipédia. Como no manuscrito, a biografia de Flora a apresentava como uma romancista misteriosa, cultuada e adorada, vencedora do prêmio Kafka. Ela sempre vivera afastada da cena literária e não publicava nada havia anos. A única foto conhecida dela era fascinante, um retrato levemente desfocado, em que ela tinha um quê de Veronica Lake. Não achei muito mais no site da editora Vilatte.

Perplexo, levantei-me para tomar um copo d'água. Entendi por que meu pai nunca tentara publicar aquele texto. Ele falava de um lado íntimo demais dos problemas que haviam dilacerado nossa família e dos tormentos da criação e da vida de escritor. Mas o que Flora Conway estava fazendo naquela história? Por que meu pai não colocara em cena uma romancista fictícia?

"– E qual a segunda coisa que preciso pegar, pai?
– Três cadernos grandes.
– Que também estão na escrivaninha?
– Não, que estão escondidos no duto da coifa acima do fogão."

Eu me preparara e pedira ao zelador uma caixa de ferramentas emprestada. Lutei por dez minutos com uma chave de fenda até conseguir desparafusar a tampa da coifa. Enfiei o braço no duto de inox e encontrei os cadernos de que meu pai falara. Eles eram muito mais imponentes do que eu imaginara. Cadernos de grande formato, de couro granulado, da marca de papelaria alemã Leuchtturm. Encadernados em folhas costuradas, tinham trezentas páginas numeradas, preenchidas frente e verso, inclusive nas margens, com a singularíssima letra de Romain Ozorski.

Mais manuscritos inéditos? Pouco provável, tudo estava escrito em inglês. Cada caderno tinha um título: *The Girl in the Labyrinth*, *The Nash Equilibrium*, *The End of Feelings*. Apesar do que via, não entendi imediatamente o significado daquilo. Percorri as primeiras linhas de cada manuscrito e folheei ao acaso algumas páginas. Era a caligrafia de meu pai, mas não era seu estilo, nem seu tipo de romance. Pensativo, guardei os três cadernos e o manuscrito na mochila.

Antes de ir embora, recoloquei a coifa no lugar e, para sair do apartamento, passei na frente da biblioteca, percorrendo os livros com os olhos uma última vez. Foi quando tudo fez sentido. Aqueles eram títulos dos romances de Flora Conway! Espantado, peguei de novo os cadernos e fiquei um bom tempo comparando os textos. Com poucas diferenças, devido à adaptação do inglês para o francês, eles eram rigorosamente idênticos.

Liguei para meu pai para lhe pedir uma explicação, mas caí na secretária eletrônica. Liguei mais duas vezes, em vão. O espanto não diminuía. Por que Romain Ozorski escondera aqueles manuscritos originais, escritos de próprio punho e publicados sob o nome de Flora Conway? A explicação parecia simples. Eu via duas, aliás: meu pai era o *ghostwriter* de Flora Conway.

Ou meu pai *era* Flora Conway.

3.

Peguei o metrô na Place Monge. No vagão, consultando um dos romances de Conway, encontrei o endereço da editora. Na Place d'Italie, peguei a linha 6 até o Boulevard Raspail.

A editora Vilatte ficava num prédio pequeno de dois andares que dava para o pátio do número 13 bis da Rue Campagne-Première, na qual Belmondo é derrubado pela polícia ao fim de *Acossado*, sob o olhar de Jean Seberg.

O ambiente externo convidava ao devaneio: pátio calçado, fonte coberta de hera, lindo banco de pedra, esculturas de animais espalhadas entre samambaias e espinheiros brancos.

Empurrei a porta sem saber ao certo o que esperava de minha visita. A sede da editora lembrava um ateliê de artista, com um pé-direito altíssimo e uma claraboia acima dos escritórios. Pelo olhar que recebi, entendi que a jovem à entrada – não muito mais velha que eu – preenchia quase todos os requisitos do clichê do esnobe, especialmente nos itens "arrogante", "condescendente" e "desdenhosa".

– Bom dia, eu gostaria de falar com Fantine de Vilatte.

– Sem hora marcada, impossível.

– Então eu gostaria de marcar uma hora.

– Qual o assunto?

– Quero falar de um texto que...

– Manuscritos, por e-mail ou correio.

– Ele está aqui comigo.

– Nossa editora publica pouquíssimos textos novos...

– Tenho certeza de que a sra. Vilatte se interessará por este.

Abri a mochila, mostrando os grossos cadernos de meu pai.

– Bom, pode deixar comigo, passarei tudo a ela.

– Só quero mostrar o material, não posso me desfazer dele. Por favor.

– Então passar bem! Feche a porta ao sair.

Frustração. Cansaço. Impotência. Raiva. Meus inimigos internos. Eu deveria contê-los para não ser dominado por eles, mas eu também deveria mantê-los acesos, como brasas – que muitas vezes podem desbloquear uma situação. Às vezes para o bem, às vezes para o mal. *O risco de viver...*

Abaixei os olhos. Não por submissão, mas para examinar a mesa de trabalho de minha interlocutora. Um laptop, pilhas de folhas em desordem, AirPods recém-lançados, um bilhete de metrô, um Tupperware vazio, um celular aberto no Instagram, uma xícara de café sobre um livro usado de Jean Echenoz com a etiqueta amarela da Gibert Jeune, mas também um peso de papel de pedra bastante volumoso que lembrava um moai, monolito da ilha de Páscoa. Peguei a escultura e, com toda força, atirei-a na claraboia.

Esse é um dos mandamentos dos mágicos: tirar proveito do efeito surpresa o máximo possível. Daquela vez, meu público foi pego de surpresa.

Um dos painéis de vidro se estilhaçou em mil pedaços com um barulho infernal, fazendo a esnobe gritar. Ela perdera toda a altivez e estava apenas horrorizada. O silêncio invadiu o local por alguns segundos, até que várias pessoas entraram, com os olhos fixos em mim.

Uma delas era Fantine de Vilatte. No metrô, eu tinha procurado sua foto na internet, mas mesmo sem isso eu a teria reconhecido. Ela estava mais velha que no romance de meu pai, mas tinha o mesmo porte, a aura discreta que fascinava e irritava a personagem de Flora Conway.

Ela se aproximou de mim. Lentamente. Sem dúvida sentindo o perigo, mas eu tinha a impressão de que o incidente do vidro quebrado lhe parecia desimportante, como se ela soubesse instintivamente que havia um incêndio mais grave a apagar.

– Acho que a senhora me deve explicações – eu disse, estendendo-lhe o caderno que eu tinha buscado na recepção.

Fantine o pegou, resignada, como se já soubesse o que ele continha. Sem uma palavra ou gesto para sua equipe, ela saiu para o pátio e se sentou num banco perto da fonte. Ao mesmo tempo hipnotizada e ausente, sob o murmúrio da água, a editora folheou o caderno por longos minutos. Ela esperou que eu caminhasse até o banco e me sentasse a seu lado para tirar os olhos do manuscrito e dizer:

– Por quase vinte anos rezei acho que todas as manhãs para que esse dia nunca chegasse.

Assenti, fingindo entender, esperando saber mais. Fantine me encarou com insistência. Algo a perturbava, em mim ou em meu olhar.

– Você é claramente jovem demais para ter escrito *pessoalmente* esse manuscrito – ela constatou.

– Verdade. Meu pai o escreveu.

Ela se levantou e apertou o caderno contra o peito.

– Você é filho de Frederik Andersen?

– Não, sou filho de Romain Ozorski.

Ela hesitou e recuou, como se eu acabasse de lhe plantar uma faca no ventre.

– O quê? Ro... Romain?

Seu rosto estava desfigurado. Eu acabara de lhe revelar algo que ela não esperava. Depois, foi sua vez de me abalar:

– Então, você é... Théo.

Confirmei com a cabeça e perguntei:

– A senhora me conhece?

Meu pai estava certo ao me dizer para desconfiar dos romancistas. Mesmo quando não escrevem mais, eles semeiam pedras e plantam sementes para, anos depois, colhermos reviravoltas em nossas vidas no momento em que menos esperamos.

Talvez Fantine de Vilatte tenha pensado a mesma coisa logo antes de me responder:

– Sim, conheço você, Théo. Você é aquele por quem seu pai me deixou.

Editora Vilatte comemora quinze anos
Le Journal du dimanche, 7 de abril de 2019

Por ocasião do aniversário do selo editorial, entrevista com sua fundadora, a discreta Fantine de Vilatte.
É no escritório de Montparnasse, no 13 bis da Rue Campagne-Première, nos fundos de um encantador pátio interno, que Fantine de Vilatte nos recebe. Ocasião para a fundadora da editora com seu nome fazer um balanço de seus quinze anos de carreira.

Uma profissional discreta
O tom da conversa é logo definido pela editora: "Não estou aqui para falar de mim, mas dos livros que publico", ela diz, puxando para trás da orelha uma mecha loira de seu cabelo chanel. Quarentona elegante, ela usa nesse início de primavera um jeans desbotado, uma camiseta azul-marinho com gola Peter Pan e um blazer justo de tweed.
Embora Fantine de Vilatte não queira falar de si, alguns de seus colegas não se fazem de rogados na hora de elogiar sua curiosidade, seu faro e sua intuição. "Ela é uma leitora formidável", admite uma editora concorrente, "mas também uma pessoa que adora vender livros e que não se recusa a encarar o aspecto comercial do ofício." Em quinze anos, Vilatte construiu um catálogo à sua imagem. À frente de uma pequena empresa com quatro funcionários, ela publica menos de dez romances por ano.
Todas as manhãs, Fantine de Vilatte abre a editora antes do nascer do sol. Por duas horas, percorre pessoalmente os manuscritos que chegam por correio ou e-mail. À noite, é a

última a sair. A identidade de sua editora se baseia em dois pilares: descobrir novos talentos e redescobrir textos esquecidos, como *O santuário*, da romena Maria Georgescu (Prêmio Médicis Estrangeiro 2007), ou o poético *Mecânica do arenque*, do húngaro Tibor Miklós, escrito em 1953 e guardado numa gaveta por mais de meio século.

Fantine de Vilatte é apaixonada pela literatura desde a infância. Durante as férias de verão, passadas na casa da avó em Sarlat, a jovem lia com ardor Tchékhov, Beckett e Julien Gracq.

Uma estreia grandiosa

Boa aluna, ela optou por fazer estudos literários nas classes preparatórias do liceu Bertran-de-Born de Périgueux e continuou seus estudos em Nova York, onde teve vários estágios em editoras prestigiosas como Picador e Little, Brown and Company. Em 2001, retornou à França. Depois de um estágio na editora Fayard, tornou-se assistente editorial da editora Licornes.

Fantine de Vilatte lançou sua própria editora aos 27 anos, endividando-se por vinte anos e investindo todas as suas economias no projeto. Alguns meses antes, ela conhecera uma pessoa que mudaria sua vida. Uma jovem galesa excêntrica quase da mesma idade: Flora Conway, garçonete de um bar nova-iorquino e escritora nas horas vagas. Fantine literalmente se apaixonou pelo manuscrito do primeiro romance de Conway e lhe prometeu lutar de corpo e alma por seu livro. Promessa cumprida. Em outubro de 2004, os direitos de *A garota no Labirinto* foram disputados na feira de Frankfurt e vendidos para mais de vinte países. Era o início da glória de Flora Conway e uma estreia grandiosa para a editora Vilatte.

O mistério Fantine de Vilatte

Fantine de Vilatte sempre fala dos romances que publica com fervor e entusiasmo. "Uma paixão sempre um pouco exagerada", provoca um colega, que também afirma que, "com exceção de Flora Conway, que escreve em inglês e não publica nada há mais de dez anos", o catálogo da editora Vilatte é "tão maçante quanto um dia de chuva em Toledo." A editora também conta com detratores entre seus ex-autores: "Há algo em que ela é muito boa: nos fazer acreditar que somos únicos e que fará tudo por nós, mas se nosso livro não for bem recebido pela imprensa ou não encontrar seu público, ela nos abandona sem remorsos", afirma uma romancista. "Sob ares de grande humildade, e mesmo fragilidade, ela é uma adversária impiedosa", confirma uma ex-funcionária para quem "Fantine é um mistério. Ninguém conhece sua vida familiar, nem como ela ocupa seu tempo fora do trabalho, pelo simples fato de que, para ela, não existe vida fora do mundo editorial. A editora é ela."

Uma afirmação que a principal interessada está longe de contradizer. "Editar é um ofício exigente e fascinante. Uma atividade artesanal e polivalente em que precisamos colocar a mão na massa o tempo todo. Você precisa ser motorista e maestro, monge copista e representante comercial".

Perguntada se os livros ainda podem mudar a vida, Fantine de Vilatte responde que "um livro, pelo menos, pode mudar *uma* vida", e que é por isso que ela exerce esse ofício, guiada pela simples vontade de publicar livros que ela gostaria de ler. "Tenho a impressão de que, com o passar dos anos, todos os romances que publiquei são pedras que pavimentam um longo caminho", ela afirma. "Em direção a quê?", perguntamos, antes de nos despedirmos. "Um longo caminho para chegar até algo ou alguém", ela responde misteriosamente.

Fantine de Vilatte em 6 datas
— 12 de julho de 1977: nascimento em Bergerac (Dordogne)
— 1995-1997: classes preparatórias literárias
— 2000-2001: trabalha nos Estados Unidos para as editoras Picador e Little, Brown and Company.

– 2004: criação da Editora Vilatte. Publicação de *A garota no Labirinto*.

– 2007: Prêmio Médicis Estrangeiro por *O santuário*, de Maria Georgescu.

– 2009: Flora Conway recebe o Prêmio Franz Kafka pelo conjunto da obra.

14
O amor que nos persegue

> *O amor que nos persegue às vezes nos importuna. Mas sempre lhe agradecemos porque é o amor.*
>
> WILLIAM SHAKESPEARE

Fantine

Meu nome é Fantine de Vilatte.

Em 2002, quando fiz 25 anos, tive um relacionamento com o escritor Romain Ozorski. Nove meses intensos e clandestinos. Ozorski era casado e eu não me sentia à vontade naquela situação. Mas foram nove meses também de felicidade e harmonia. Para ficar comigo, Romain aceitava todos os convites que recebia para promover seus livros no exterior. Nunca viajei tanto quanto naqueles meses: Madri, Londres, Cracóvia, Seul, Taipei, Hong Kong.

"Graças a você, pela primeira vez minha vida é mais interessante que meus romances": era o que Romain vivia repetindo. Ele dizia que eu trazia "o romanesco" para sua vida. Eu imaginava que aquele devia ser o tipo de coisa que ele dizia a todas as mulheres, mas eu reconhecia uma coisa em Romain Ozorski: ele sabia despertar nas pessoas qualidades que elas próprias ignoravam e também sabia insuflar confiança.

Era a primeira vez que o olhar de um homem me dava forças e me tornava bonita. A primeira vez, também, que para não ter medo de perder alguém preferi acreditar que ainda não havia encontrado esse alguém. Pensar nessa época de minha vida me faz estremecer e me dá vertigens. Um núcleo duro de lembranças aflora. Foi o ano da guerra do Iraque, da morte de Daniel Pearl, do medo da Al-Qaeda. O ano do "Nossa casa queima e nós olhamos para o lado" de Chirac, da crise dos reféns num teatro de Moscou.

Pouco a pouco, acabei cedendo e admitindo que estava apaixonada por Romain. Sim, a verdade é que eu vivia com ele o tipo de história que deixava marcas profundas. O "grande desregramento de todos os sentidos" de que falava Rimbaud. E enquanto vivia aquela paixão, eu sabia que nunca mais viveria algo tão forte na vida. Que aqueles sentimentos constituíam o apogeu de minha vida amorosa. À luz da qual tudo o que eu vivesse depois fatalmente seria sem brilho e sem cor.

Então acabei acreditando naquele amor.

Soltei definitivamente as rédeas quando aceitei fazer planos com ele. Quando me autorizei a pensar que nossa história poderia ir até o fim e concordei com aquilo que Romain me pedia há vários meses: dizer à sua mulher que o casamento deles tinha acabado e que ele queria o divórcio.

O que não previ é que Almine também tinha um anúncio a fazer ao marido naquela noite: ela estava grávida. De um menino. Do pequeno Théo.

Romain

```
De: Romain Ozorski
Para: Fantine de Vilatte
Assunto: A verdade sobre Flora Conway
21 de junho de 2022
```

Querida Fantine,
Depois de vinte anos de silêncio, decidi escrever-lhe hoje, do leito de um quarto de hospital. Segundo os médicos, é provável que eu não morra nos próximos dias, mas minha saúde está frágil e, se isso acontecer, eu gostaria que você soubesse de algumas coisas.
No final dos anos 1990, depois de publicar mais de uma dúzia de romances, planejei publicar textos sob pseudônimo. Meus livros vendiam (muito) bem, mas eram sempre lidos sob um rótulo. Eles tinham deixado de ser um acontecimento, eram no máximo um encontro anual. Eu estava cansado de sempre ouvir as mesmas coisas a meu respeito, responder às mesmas perguntas nas entrevistas, justificar meu sucesso, meus leitores, minha imaginação.
Em busca de uma nova liberdade artística, decidi lançar um desafio a mim mesmo: escrever histórias em inglês. Mudar de língua, de estilo, de gênero. A perspectiva de criar um duplo literário tinha um lado lúdico — continuar minha relação com os leitores usando uma máscara —, mas reavivava um velho fantasma que outros tiveram antes de mim: renascer tornando-me outra pessoa.
Viver por procuração fragmentos de vidas diferentes da minha já era meu ofício cotidiano de romancista. Agora, meu duplo viveria em outra dimensão e em maior escala. Entre 1998 e o final de 2002, escrevi três romances em inglês que guardei na gaveta à

espera do momento oportuno de publicá-los. Nunca falei a você desse projeto quando estávamos juntos, Fantine. Por quê? Porque eu tinha consciência da vaidade dessa vontade. Émile Ajar, Vernon Sullivan e Sally Mara, gigantes da literatura, tinham sido duplos literários muito antes de mim. Por que imitá-los? Talvez para me vingar. Mas do que e de quem?

Fantine

Ao descobrir a gravidez da mulher, Romain encerrou bruscamente nossa relação. Seus pais tinham se separado pouco depois de seu nascimento. Ele nunca conhecera o pai e aquilo o marcara a vida inteira. Para oferecer um ambiente familiar estável ao filho, ele decidiu fazer de tudo para dar uma segunda chance ao casamento. Acho que, acima de tudo, ficou horrorizado com a perspectiva de, em caso de ruptura, Almine não lhe permitir acompanhar o crescimento do filho em condições amigáveis.

Quando Romain me deixou, mergulhei na floresta escura da depressão. Por vários meses, assisti de camarote a meu próprio desmoronamento interno, incapaz de fazer o que quer que fosse para não afundar ainda mais.

O papel que eu havia desempenhado a contragosto ao fim de nosso relacionamento, retardando o momento de autorizar Romain a falar com a mulher, mantinha aberta a ferida íntima que me dilacerava. Meu corpo estava exangue, meu coração mortificado, minha alma devastada. Virar a página me parecia impossível. Eu era uma estranha para mim mesma. Minha vida perdera o sentido, a luz, o horizonte.

Na época, eu trabalhava como assistente editorial do setor de manuscritos de uma editora da Rue de Seine. Meu escritório era uma mansarda minúscula e barulhenta no último andar de um prédio de fachada cinzenta. Um espaço que eu precisava disputar com as pombas e as centenas de manuscritos que enchiam o chão, subiam na escrivaninha, escalavam as prateleiras e às vezes conseguiam chegar ao teto.

A editora recebia mais de dois mil manuscritos por ano. Meu trabalho consistia em fazer uma primeira triagem dos textos. Eliminar os gêneros que não publicávamos (documento, poesia, teatro) e redigir um primeiro parecer sobre os textos de ficção. Depois eu enviava minhas observações a outros editores mais calejados. Eu sonhara bastante com aquele emprego, mas fazia um ano que estava ali e perdia todas as ilusões.

Era uma época estranha. As pessoas liam cada vez menos e escreviam cada vez mais. Em Los Angeles, todo mundo tinha um roteiro num pendrive, do frentista à garçonete. Em Paris, todo mundo tinha um manuscrito na gaveta ou uma ideia de romance na cabeça. Para ser sincera, metade dos textos que eu recebia era ruim: escrita pobre, sintaxe incerta, estilo inexistente, narração confusa. A outra metade era insuportável, sem nenhum interesse, de mulheres que se consideravam Duras e homens que plagiavam Dan Brown (*O código da Vinci* tinha acabado de ser lançado nos Estados Unidos e gerava criaturas ficcionais monstruosas)... Embora não buscasse uma obra-prima ou tesouro, eu nunca recebera um romance pelo qual tivesse me apaixonado.

Até um dia de fins de setembro. Cheguei às oito e meia a meu pequeno escritório gelado. Acionei o aquecedor (que produzia um ar morno), liguei a cafeteira (que produzia uma água suja) e quando me instalei à mesa de trabalho é que vi: um envelope de papel pardo no chão, quase atrás do armário. Levantei-me para pegá-lo. Devia ter caído do móvel de madeira aglomerada cheio de manuscritos.

Eu estava prestes a colocá-lo sobre a pilha instável quando notei que estava endereçado diretamente a mim. Eu, que não era ninguém na profissão, fiquei comovida com aquele tipo de atenção, imaginei o autor procurando na internet o nome de alguém que realmente pudesse se debruçar sobre seu trabalho. Abri o envelope, portanto. Dentro dele, havia um texto digitado à máquina e escrito em inglês.

Em inglês, merda... Que gente sem noção.

Preparei-me para atirá-lo na caixa dos recusados quando o título despertou minha curiosidade. *The Girl in the Labyrinth*. Distraidamente, li a primeira página, ainda de pé. Depois, as duas seguintes. Fui me sentar à escrivaninha para ler o primeiro capítulo. Depois, os dois seguintes, depois... Ao meio-dia, cancelei meu almoço para continuar a leitura e quando virei a última página a noite já tinha caído.

Meu coração batia à toda velocidade. Eu estava em choque, possuída, com um sorriso nos lábios, como se estivesse apaixonada. Pronto, eu finalmente tinha o manuscrito que me tocara *no fundo do coração*. Aquele livro diferente que não se parecia com nada do que eu já lera. Um livro singular, inclassificável, que me capturara totalmente. Um sopro de ar fresco, longe daquela atmosfera parada.

Procurei dentro do envelope e encontrei uma carta lacônica:

```
Paris, 2 de fevereiro de 2003. Senhora,
envio-lhe o manuscrito de meu romance, A
garota no Labirinto, que talvez interesse
à editora Licornes. Como não disponho de
grandes meios, enviei o texto exclusiva-
mente para sua editora e agradeço se puder
responder num prazo razoável ou devolver
o manuscrito se ele não for de seu inte-
resse. Cordialmente, Frederik Andersen.
```

A assinatura me surpreendeu – durante toda a leitura, imaginei uma autora mulher –, mas minha vontade de conhecer Andersen aumentou ainda mais. A carta mencionava um endereço, na Rue Lhomond, e um número de telefone. Liguei na mesma hora. A carta datava de seis meses atrás, talvez o autor tivesse cansado de esperar e tivesse enviado o manuscrito a outro editor. Mesmo assim, eu ainda tinha uma chance de que ninguém o tivesse lido antes de mim, pois estava escrito em inglês. Ninguém atendeu, mas deixei uma mensagem.

Voltei para casa sem falar para ninguém de minha descoberta. Ao fim da leitura, apesar de minha impaciência para compartilhar meu entusiasmo, mantive a cabeça fria e o silêncio. Na Licornes, eu era o fantasma do sexto andar. A Mulher Invisível. Poucos respeitavam meu trabalho e a maioria nem sabia de minha existência. Eu era "a garota dos manuscritos", "a assistente". Na verdade, eu detestava aqueles imbecis ultrapassados e aquelas esnobes que se divertiam às minhas custas. Por que eu compartilharia o manuscrito com eles? Por que lhes daria *A garota no Labirinto*? Afinal, o texto fora endereçado a mim. Voltei a ligar para Frederik Andersen às sete da noite e a cada hora até a meia-noite. Como ninguém atendia, procurei seu nome no Google e o que descobri me deixou arrasada.

Bairro Val-de-Grâce: o corpo de um homem é encontrado em seu próprio apartamento quatro meses depois de sua morte

Le Parisien, 20 de setembro de 2003

Uma tragédia da solidão que infelizmente começa a se repetir cada vez com mais frequência na capital e nos subúrbios parisienses. O corpo sem vida do sr. Frederik Andersen foi encontrado na quinta-feira em seu pequeno apartamento do V *arrondissement*.

Um jovem casal vizinho, que voltava de um longo périplo pela América do Sul, avisou a polícia, alertado por um cheiro estranho e pela correspondência que se acumulava na caixa de correio. No início da noite, os bombeiros da 3ª companhia do batalhão de incêndio usaram uma escada na Rue Lhomond para chegar à sacada do apartamento. Os bombeiros quebraram uma janela para entrar no local. Acompanhados de policiais, eles descobriram o corpo em estado de decomposição. Não havia sinais de arrombamento e a porta de entrada estava chaveada por dentro. Tudo leva a crer em morte natural, mas uma autópsia foi solicitada para excluir formalmente hipóteses criminais. O legista deverá determinar a data exata da morte do homem de 67 anos. Morte que, segundo os elementos analisados no local, dataria do início de maio, quando a correspondência deixou de ser recolhida. Solteiro, Frederik Andersen sempre viveu sozinho e pagava a maioria de suas contas por débito em conta. Padecendo de vários problemas de saúde, o ex-professor se locomovia há alguns anos de cadeira de rodas e saía pouco de casa. Sua ausência nos últimos meses não foi particularmente notada pelos vizinhos, com quem ele não tinha muito contato.

Na rua, Andersen é lembrado como um homem reservado e distante, absorto nos próprios pensamentos e muito caseiro. "Ele nem sempre dava bom dia quando cruzávamos com ele no elevador", disse Antonia Torres, zeladora do prédio. [...]

Fantine

Não consegui dormir à noite, sentia-me possuída pelo manuscrito. Por nada no mundo eu deixaria que ele me escapasse. Aquele romance precisava ser meu. Era exatamente por isso que eu seguira aquela profissão: para descobrir um texto ou um autor. Era difícil acreditar que um homem de 67 anos pudesse escrever um romance tão moderno, mas me lembrei de minhas aulas de filosofia e de um professor que sempre citava Bergson: "Não vemos as coisas por nós mesmos; limitamo-nos, na maioria das vezes, a ler os rótulos colados sobre elas". Durante minha insônia, um plano mirabolante começou a germinar em minha mente, mas envolveria uma verdadeira investigação.

No dia seguinte, liguei para a editora para dizer que estava doente e não iria trabalhar. E fui para a Rue Lhomond. Eu nunca frequentara aquele lugar. De manhã cedo, a rua que descia até as lojas da Rue Mouffetard não era muito movimentada e tinha um ar tranquilo de vida de bairro. Lembrava um episódio de um velho *Maigret* na France Télévisions. O prédio onde Frederik Andersen terminara seus dias era um dos mais feios do bairro. Um prédio "moderno" com fachada amarronzada de concreto, típico da década de 1970. Não encontrei a zeladora, mas na verdade aquele era um condomínio de três prédios diferentes e a zeladora ficava no prédio adjacente.

Bati à porta da zeladora – a dita Antonia Torres da matéria – e disse estar procurando apartamento na região. Contei que lera o *Le Parisien* da semana anterior e me perguntava se o apartamento do sr. Andersen já fora alugado. Antonia foi bastante loquaz. Primeiro, confirmou que Frederik Andersen não tinha relações com a família. Ninguém se manifestara depois de sua morte. O proprietário já esvaziara o apartamento e depositara todos os seus pertences numa grande sala do segundo subsolo, à espera de que uma empresa fosse recolhê-los. Ela também me disse que Andersen fora professor num liceu do XIII *arrondissement*, mas que a saúde frágil o obrigara a parar de trabalhar havia muito tempo. "Ele era professor de inglês? – Talvez", Antonia respondera.

Eu descobrira o suficiente para tentar outra coisa. Passei o resto da manhã num café da Rue Mouffetard analisando todos os fatos em minha cabeça. Eu estava convencida de que minha vida estava em jogo. De que um alinhamento dos planetas como aquele não voltaria a se apresentar. Havia riscos, é verdade, e minha janela de ação era estreita, mas aquela aventura voltava a dar sentido à minha vida.

Uma tempestade estourou na hora do almoço. Voltei à Rue Lhomond e aproveitei a chuva para entrar no segundo subsolo do prédio atrás de um carro. Havia vários boxes fechados, mas somente três tinham uma porta bem ampla, e a zeladora falara numa "grande sala". Dos três, o primeiro estava vazio, o segundo estava ocupado por um carro. O terceiro estava fechado por um grande cadeado. Do tipo usado para proteger uma scooter ou uma moto. Fiquei um bom tempo na frente da porta, olhando para a fechadura. Era o fim. Eu nunca conseguiria forçar o cadeado. Não tinha nem ferramentas, nem força física para tanto.

Minha mente começou a turbilhonar a toda velocidade. Deixei a Rue Lhomond e caminhei sob a chuva até a agência Hertz do Boulevard Saint-Michel. Aluguei o primeiro carro disponível e percorri a centena de quilômetros que separava Paris de Chartres. Eu tinha um primo que morava lá – Nicolas Gervais, o "gordo Nico", ou "tolo Nico", ou, surpreendentemente, "pau pequeno" – que era bombeiro. Não era o sujeito mais esperto do Eure-et-Loir e fazia muito tempo que não nos víamos, mas ele era prestativo e fácil de manipular. Embora pensem o contrário, nunca fui gentil ou bondosa. Sou invejosa, ciumenta, difícil de satisfazer. Por causa de meu rosto afável e de minha reserva, todos pensam que sou tranquila, mas sou uma pessoa atormentada. Pensam que sou doce, mas sou violenta. Pensam que sou inocente, mas sou pérfida. Romain Ozorski era o único que me conhecia de fato. Ele percebia o escorpião que se escondia na rosa. E me amava mesmo assim.

Consegui encontrar Nico na casa de sua mãe. Banquei a garota perdida e pedi sua ajuda para abrir a porta da garagem onde meu ex-namorado supostamente guardara as coisas que me pertenciam. Ele mordeu a isca, feliz de poder desempenhar o papel do protetor. Pouco antes das seis da tarde, devolvi o carro no Boulevard de la Courtille, em Chartres, e quando o orgulhoso Nico me buscou, ao volante de seu 4x4, ele estava com o alicate de corte de mais de sessenta centímetros que os bombeiros usam para abrir cadeados em caso de urgência. O da Rue Lhomond não resistiu. Agradeci ao tolo Nico pela ajuda e dispensei-o antes que me incomodasse ou entendesse o que havia acontecido.

Passei boa parte da noite naquele box, inventariando, com a ajuda de uma lanterna que surrupiei do 4x4, todas as coisas encontradas no apartamento de Frederik Andersen. Alguns móveis funcionais, uma cadeira de rodas, uma máquina de escrever Smith Corona elétrica, duas grandes malas de tecido plastificado com vinis e CDs que iam de Tino Rossi a Nina Hagen, de Nana Mouskouri a Guns N'Roses. Também encontrei números antigos da *New Yorker* e, em três caixas, romances anglófonos no original: Penguin Classics, policiais em pocket, exemplares anotados da Library of America. A garagem também era interessante pelo que não continha: nenhuma fotografia, nenhuma correspondência. E, acima de tudo, num armário metálico com gavetas, encontrei o que nem ousara imaginar:

mais dois manuscritos. *The Nash Equilibrium* e *The End of Feelings*. Febril, li as primeiras páginas com apreensão. Não eram rascunhos, mas romances acabados, e as páginas que eu lia eram tão brilhantes quanto *The Girl in the Labyrinth*.

Deixei a Rue Lhomond às cinco da manhã. Vou lembrar para sempre do que senti naquela manhã, caminhando sob a chuva, molhada dos pés à cabeça, exausta, mas extasiada, apertando firme contra o peito os dois novos manuscritos.

Meus romances...

Romain

```
De: Romain Ozorski
Para: Fantine de Vilatte
Assunto: A verdade sobre Flora Conway
```

```
[...] Os meses posteriores a nosso rom-
pimento foram os mais bonitos e mais do-
lorosos de minha vida. Os mais bonitos
porque correspondem à chegada de Théo e
à felicidade de me tornar pai. Os mais
terríveis porque não poder vê-la era um
sofrimento constante. A saudade me man-
tinha acordado à noite e despertava to-
dos os meus demônios internos. Foi para
continuar tendo algo com você que tive a
ideia de lhe enviar o manuscrito de A ga-
rota no Labirinto. Como um presente, como
um pedido de desculpas.
Mas para que aquilo funcionasse, tudo
precisava ser verossímil, e eu sabia que
você não se deixaria enganar facilmente.
```

Arquitetei mil cenários possíveis, nenhum me parecia viável. Tive um estalo no meio da tarde, na fila de espera de uma padaria perto da Place de la Contrescarpe. Os clientes à minha frente falavam do corpo de um homem encontrado vários meses depois de sua morte num apartamento da Rue Lhomond. Informei-me pacientemente sobre o ocorrido. Andersen era um homem isolado, doente, sem herdeiros ou relações sociais. Um ex-professor, apagado e solitário, que habitara este mundo sem deixar muitos rastros. O homem perfeito para encarnar um escritor morto no anonimato.
Como se estivesse construindo o enredo de um romance, aprimorei um plano ambicioso em várias etapas. O imóvel da Rue Lhomond era gerido pelo OPAC, Office Public de l'Habitat da cidade de Paris. O que significava não apenas que o apartamento não ficaria vazio por muito tempo, mas também que os pertences de Andersen, armazenados num box da garagem, não permaneceriam ali indefinidamente. Rebentei o cadeado colocado pelo gabinete e, para dar credibilidade à versão de um Andersen perfeitamente bilíngue, plantei alguns indícios falsos na forma de revistas americanas e romances em inglês. Também deixei a máquina de escrever com que datilografara os textos e dois romances, *The Nash Equilibrium* e *The End of Feelings*. Por fim, tranquei o box com um novo cadeado — suficientemente grande para não facilitar demais as coisas para você — e passei à segunda parte do plano.

Eu espiara você algumas vezes na Rue de Seine. Sabia onde ficava seu escritório. Conhecia sua ambivalência em relação ao mundo editorial. Para entrar no prédio, aceitei um encontro com o dono da editora. Foi fácil: no âmbito profissional, eu vivia meus anos de ouro e, na época, todos os editores alimentavam a esperança de ter o "autor preferido dos franceses" em seu catálogo. Fiz o encontro durar até 13h15 e, quando fui deixado à porta do elevador, subi ao último andar em vez de descer ao hall de entrada. Naquela hora, o corredor estava vazio. Você estava no intervalo de almoço e seu escritório não estava fechado à chave: ladrões não costumam roubar manuscritos. Coloquei o envelope de papel pardo atrás de um armário, de maneira a deixá-lo um pouco para fora.
Preparei todos os elementos. Era sua vez de jogar, Fantine.

Fantine

Meus pais, meus amigos, minhas avós, o tolo Nico: pedi dinheiro emprestado para todo mundo para montar minha editora. Alguns euros aqui, outros acolá. Raspei minha poupança, liquidei meu seguro de vida e pedi um empréstimo. Todos acharam que eu tinha enlouquecido e previram meu fracasso. Livros não mudam o mundo, mas *A garota no Labirinto* mudou minha vida. Graças a esse romance, tornei-me outra mulher, mais confiante, mais determinada. E eu devia isso a meu duplo: Flora Conway. A personagem que criei para assinar o texto de Frederik Andersen. Moldei-a segundo meus desejos. Flora Conway era a romancista que eu gostaria de ler. Distante do ambiente viciado e pútrido de Saint-Germain-des-Prés e das relações incestuosas da oligarquia das letras. Inventei-lhe uma infância no País de Gales, uma juventude punk em Nova York, um passado de garçonete no Labirinto, um loft no Brooklyn com vista para o Hudson.

Flora era minha definição de liberdade: uma mente livre que não vendia a alma por seus livros, que esnobava a mídia, que, em suma, mandava os jornalistas tomarem naquele lugar. Uma mulher que não tinha medo de nada, que dormia com quem ela quisesse e quando quisesse, que não adulava os instintos mais baixos de seus leitores, mas suas inteligências, que não escondia seu desprezo pelos prêmios literários, mas aceitava recebê-los. E assim nasceu Flora, pouco a pouco, enquanto eu traduzia seus textos para o francês e a cada sucesso literário, à medida que eu me sentava ao computador para responder aos e-mails com pedidos de entrevista. Quando precisei de um rosto para Flora, escolhi uma foto de minha avó na juventude. Uma imagem fascinante na qual ela se parece comigo. Flora está dentro de mim e em meu DNA. Flora sou eu.

Eu em versão melhorada.

Romain

```
De: Romain Ozorski
Para: Fantine de Vilatte
Assunto: A verdade sobre Flora Conway

[...] Devo reconhecer que você me surpreen-
deu. Muito. Escrevi aqueles textos com
alegria e, às vezes, com certa euforia,
o que não me acontecia havia muito tempo.
```

Quando eu era aquele duplo, a magia da escrita operava de novo.

A primeira vez que ouvi falar de Flora Conway foi quando editores do mundo todo se entusiasmaram com seu romance durante a Feira do Livro de Frankfurt. O meio literário estava agitado porque você tinha montado uma editora especialmente para a estreante. Admirei seu tino comercial, que transformara o professor boboca que eu inventara numa misteriosa romancista que trabalhara num bar de Nova York.

No início, fiquei realmente satisfeito. De repente, uma carreira nova começava. Meu trabalho finalmente se livrara de rótulos. Eu vivia aquela acolhida como um renascimento, um novo combustível para minha vida de criador. Era como me apaixonar de novo! Mas eu sentia a incongruência de certas situações. Num programa literário, o mesmo crítico que desancou meu último livro, incensou o de Flora. Algumas semanas depois, um jornal me pediu para escrever uma resenha sobre *A garota no Labirinto*. Na contracorrente de tudo o que era dito, emiti um parecer negativo e todos me acusaram, obviamente, de ciúme! No início, portanto, fiquei feliz com meu golpe, mas o prazer não durou. Primeiro, eu não tinha ninguém com quem compartilhá-lo. Depois, embora os textos de Flora Conway fossem meus, a personagem era criação sua. Eu não era o único a manipular a situação. E, para ser sincero, eu não manipulava mais nada.

Com o passar dos anos, Flora Conway escapou totalmente do meu controle e começou a me irritar. Sempre que alguém me falava dela, sempre que eu lia um artigo sobre ela ou que a elogiavam em minha presença, eu sentia uma frustração que, com o tempo, se transformou em raiva. Quantas vezes não pensei em revelar meu segredo e gritar aos quatro ventos: "Bando de imbecis, Flora Conway sou eu"!
Mas aguentei firme nessa luta diária contra a vaidade.
Em um dos momentos mais dolorosos de minha vida, durante o outono e o inverno de 2010, quando minha ex-mulher tentou tirar de mim a guarda de meu filho e me senti isolado e abandonado por todos, cogitei revelar a verdade. Somente a você. Como eu não sabia direito como conseguir isso, vislumbrei a única coisa que sei fazer: decidi contar a verdade através de um romance. Um romance que colocasse em cena Flora Conway e Romain Ozorski. A criatura e seu criador, o personagem que se rebela contra "seu" escritor. Um romance do qual você seria a única leitora. De fato, comecei esse romance naquele inverno, mas nunca consegui terminá-lo.
Porque Flora não é uma personagem fácil. Porque fiz a promessa de nunca mais escrever uma linha.
E talvez porque essa história só pode ter seu fim na vida real. Porque como disse Miller numa frase que você adora citar:

"Para que servem os livros, se não para nos reconduzir à vida, se não para nos fazer beber dela com mais avidez?".

Centro Hospitalar de Bastia
Setor de Cardiologia – Quarto 308
22 de junho de 2022

Professora Claire Giuliani (*entrando no quarto*): Onde o senhor pensa que vai?
Romain Ozorski (*fechando a mochila*): Onde eu bem entender.
Claire Giuliani: Seja sensato, volte para a cama imediatamente!
Romain Ozorski: Não, estou indo embora.
Claire Giuliani: Não seja dramático, parece até meu filho de oito anos.
Romain Ozorski: Não quero ficar aqui mais nem um segundo. Sinto cheiro de morte.
Claire Giuliani: Parecia menos indignado quando foi trazido para cá numa maca com as artérias entupidas.
Romain Ozorski: Não pedi a ninguém para me reanimar.
Claire Giuliani (*colocando-se na frente do armário para impedir Romain de pegar o casaco*): Ao vê-lo assim, penso que deveria ter me questionado mais, de fato.
Romain Ozorski: Saia da frente!
Claire Giuliani: Faço o que quiser. Estou em casa!
Romain Ozorski: Não, está em *minha* casa. Os *meus* impostos é que garantem seu salário e permitiram a construção deste hospital!
Claire Giuliani (*afastando-se*): Quando li seus livros, imaginei um sujeito simpático, mas o senhor é um velho desprezível.

Romain Ozorski (*vestindo o casaco*): Diante de tanta gentileza, adeus.

Claire Giuliani (*tentando cativá-lo*): Não antes de autografar meu livro. Que eu não tenha salvado sua vida por nada, ao menos.

Romain Ozorski (*rabiscando uma página do romance que a médica lhe estende*): Pronto. Satisfeita?

Claire Giuliani: Falando sério, onde pretende ir?

Romain Ozorski: Onde ninguém puder me encher o saco.

Claire Giuliani: Muito elegante. O senhor sabe que, sem acompanhamento médico, morrerá.

Romain Ozorski: Ao menos estarei livre.

Claire Giuliani (*dando de ombros*): Qual a vantagem de ser livre, estando morto?

Romain Ozorski: Qual a vantagem de viver, estando preso?

Claire Giuliani: Não temos a mesma definição de prisão.

Romain Ozorski: Adeus, doutora.

Claire Giuliani: Espere só mais cinco minutos. Embora não esteja no horário de visitas, alguém pediu para vê-lo.

Romain Ozorski: Uma visita? Com exceção de meu filho, não desejo ver mais ninguém.

Claire Giuliani: "Meu filho, meu filho", o senhor só sabe dizer isso. Deixe-o um pouco em paz!

Romain Ozorski (*com pressa*): Quem quer me ver?

Claire Giuliani: Uma mulher. Disse se chamar Fantine. E disse conhecê-lo bem. Deixo-a subir, sim ou não?

A última vez que vi Flora
por Romain Ozorski

1.

Um ano depois.

Lago de Como, Itália.

A sala de jantar do hotel parecia adentrar o lago. Sob uma abóbada de pedras gastas, entre móveis de madeira clara e grandes janelas envidraçadas, o minimalismo do lugar contrastava com as grandes construções neoclássicas dos arredores.

Às sete da manhã, o sol ainda não nascera. As mesas estavam postas, esperando os hóspedes no silêncio que precede a batalha.

Escolhi um banco alto e me instalei no bar. Esfreguei os olhos para dissipar o cansaço. Atrás do balcão, os reflexos azulados da superfície do lago dançavam sobre grandes lajes de *ceppo di gré*. Pedi um café a um barman de smoking branco, que me serviu uma pequena xícara de néctar encorpado e aveludado coberto por uma fina camada de espuma.

De meu posto de observação, eu tinha a impressão de estar na proa de um navio. O lugar ideal para contemplar o despertar do mundo. Era a hora dos ajustes finais: o *poolboy* limpava a piscina, o jardineiro regava as flores e o *skipper* do hotel encerava a Riva Aquarama atracada ao píer.

– *Signore, vuole un altro ristretto?*
– *Volentieri, grazie.*

No balcão de nogueira, um iPad oferecia um jornal digital, mas fazia tempo que eu me tornara impermeável às dores do mundo.

Fazia um ano, no entanto, que a vida saíra vencedora. Eu às vezes até tinha a impressão de ter reencontrado seu sentido, depois de um parêntese vazio de qualquer presença e preocupação que não a felicidade de Théo. A vida costuma recuperar o brilho ao ser compartilhada. Fantine estava de volta a meu lado e eu ao dela. Deixei a Córsega sem muito remorso e reformamos juntos a casa perto do Jardin du Luxembourg, que finalmente começou a se parecer com o que eu esperava dela. Théo, no segundo ano de medicina, nos visitava com frequência. O terrível inverno de 2010 estava longe. Com quase dezoito anos de atraso, Flora Conway, minha criatura – nossa criação comum, protestaria Fantine –, nos reunira.

Apesar da beleza do lugar e da paisagem, nosso fim de semana apaixonado ao pé dos Alpes italianos não começou bem. Acordei suado às duas horas da manhã, com o braço paralisado, o coração apertado. Lavei o rosto, tomei um comprimido e meu pulso aos poucos voltou ao normal, mas não consegui mais dormir. A insônia era cada vez mais frequente. Eu não tinha pesadelos propriamente ditos, mas perguntas lancinantes voltavam para me assombrar com força. E uma delas era: que fim levou Flora?

Por muitos anos, considerei-a morta, mas estaria mesmo morta? Teria Flora pegado a mão do homem-coelho para se atirar com ele no vazio? Ou teria se livrado dela no último segundo?

Flora Conway sou eu...

Eu nunca acreditara nisso. Mas o que eu teria feito em seu lugar? Flora e eu somos falsos fracos. Ou seja, verdadeiros durões. Sim, era isso que mais sabíamos fazer: *aguentar*. Quando todos nos acreditam naufragados, buscamos em nós mesmos força para dar o empurrão que nos levará à superfície. Mesmo derrubados no campo de batalha, sempre posicionamos nossos peões de modo a que, *in extremis*, alguém venha nos salvar. Isso está em nós, romancistas. Porque escrever ficção é se rebelar contra o fatalismo da realidade.

Bobagem? Mentira? É verdade que fazia muito tempo que eu parara de escrever, mas parar de escrever não significa deixar de ser escritor. E, pensando bem, eu só via uma maneira de saber o que acontecera com Flora. Escrevendo.

Desbloqueei o tablet à minha frente e verifiquei que ele tinha um editor de texto. Aquele não era meu suporte preferido para escrever, mas dava para o gasto. Eu estaria mentindo se dissesse não sentir medo. Fazia mais de dez anos que eu escrupulosamente seguia a promessa de parar de escrever, feita numa noite gélida de janeiro numa igreja russa – e os deuses não gostam que quebremos nossas promessas. Mas o que eu tinha em mente seria um minúsculo adendo ao contrato. Um pequeno desvio. Eu só queria notícias de uma personagem. Pedi um terceiro café e abri o aplicativo. Era bom sentir novamente o pequeno calafrio de antes de saltar no desconhecido.

Hai voluto la bicicletta? E adesso pedala!

```
Primeiro, os cheiros. Cheiros que des-
pertam lembranças. Cheiros distantes, de
infância e férias. De protetor solar com
perfume de...
```

2.

Primeiro, os cheiros. Cheiros que despertam imagens. Cheiros distantes, de infância e férias. De protetor solar com perfume de óleo de coco, de nostálgicos algodões-doces, de wafers e maçãs do amor. De gordurosos e viciantes *onion rings*, de pizza calabresa. Cada um tem sua *madeleine*, seu Combray, sua tia Léonie. O grito das gaivotas, os gritos das crianças, as ondas, o mar, a música popular dos quiosques.

Caminho na passarela de madeira de um pequeno balneário que segue os contornos do mar. Um píer, uma praia de areia branca e, ao longe, a silhueta de uma roda-gigante e o refrão hipnótico de um parque de diversões. Os painéis publicitários ao longo do calçadão não deixam dúvida: aterrissei em... Seaside Heights, Nova Jersey.

O tempo está agradável, o sol que desce no horizonte logo se eclipsará, mas as pessoas continuam na areia. Desço até a praia. Um garoto me lembra Théo pequeno. Uma menina que brinca com ele me faz pensar na filha que eu gostaria de ter tido e que nunca terei. O ambiente é agradável, um pouco atemporal, as pessoas jogam vôlei, frescobol, comem cachorros-quentes, se bronzeiam ouvindo Springsteen e Billy Joel.

Alguns corpos não cabem em seus trajes de banho, com sofrimento, culpa ou indiferença. Outros atraem olhares. Detenho-me nos rostos, com a esperança de ver Flora, mas por mais que procure, não a encontro. Há alguns leitores entre os presentes. Mecanicamente, leio os nomes nas capas dos livros: Stephen King, John Grisham, J.K. Rowling... Os mesmos que estão no topo há décadas. Sem que eu saiba direito por quê, uma capa colorida chama minha atenção. Dou alguns passos na areia para me aproximar do colchão de ar sobre o qual o livro está pousado.

Life After Life por Flora Conway

– Posso dar uma olhada rápida em seu livro?
– Sim, claro! – responde a leitora, uma mãe que está vestindo seu bebê. – Pode pegar, já acabei. É muito bom, embora eu não tenha certeza de ter entendido o fim.

Olho para a capa. Numa Nova York estilizada e outonal, uma jovem de cabelos ruivos, pernas no vazio, se agarra às páginas de um livro gigantesco. Viro o livro para ler a contracapa:

Às vezes, melhor não saber...

"Tomado de pânico, bati a tela do computador com força. Sentado em minha cadeira, com a testa em chamas, fui tomado de calafrios. Meus olhos ardiam e uma dor aguda me paralisava o ombro e o pescoço. Merda, era a primeira vez que um personagem me interpelava diretamente durante a escrita de um romance!"

Assim começa a história do romancista parisiense Romain Ozorski. Em plena crise sentimental e familiar, e durante a escrita dos primeiros capítulos de um novo romance, uma de suas heroínas entra impetuosamente em sua vida. Ela se chama Flora Conway. Sua filha está desaparecida há seis meses. Mas Flora acaba de entender que alguém puxa os fios de sua vida, que está sendo vítima de um manipulador, de um escritor que dilacera seu coração e sua vida sem piedade. Então Flora se rebela. Um perigoso enfrentamento tem início. Mas quem é o escritor e quem é o personagem?

Romancista de renome, vencedora do Prêmio Kafka pelo conjunto da obra, Flora Conway perdeu a filha de três anos num trágico acidente. Nesse romance impressionante, ela nos oferece um depoimento sem igual sobre o luto e uma ode aos poderes redentores da escrita.

Fico atordoado por um momento ao descobrir que, em minha realidade, Flora é um personagem de meu romance e, na dela, eu é que desempenho esse papel e sou sua marionete.

A realidade... A ficção... Passei a vida toda considerando a fronteira entre as duas bastante frágil. Nada está mais perto da verdade do que a mentira. E ninguém se engana mais do que aqueles que se imaginam viver apenas na realidade, pois a partir do momento em que os homens consideram certas situações reais, elas *se tornam reais* em suas consequências.

3.

Subo as escadas para voltar à passarela de madeira. O parque de diversões me atrai como um ímã. Os cheiros que emanam das barraquinhas de batatas fritas me torturam, a terrível sensação de fome que acompanha minhas visitas a Flora se apodera de mim. Passo pelas lojas de suvenires e pelas sorveterias em busca de um cachorro-quente e, quando menos espero, vejo Mark Rutelli. Sentado no terraço de um restaurante, ele toma um expresso e olha para o mar. O ex-policial está irreconhecível, como se o tempo tivesse passado de trás para frente: esbelto, rosto escanhoado, olhar tranquilo, roupa esportiva.

Estou prestes a alcançá-lo quando alguém o interpela:
– Veja o que ganhei, papai!

Volto-me para a voz da criança. Uma menina loira de sete ou oito anos, com um bicho de pelúcia gigante nas mãos, volta correndo do estande de tiro. Meu coração dispara ao ver Flora Conway caminhando atrás dela.

– Parabéns, Sarah! – diz Rutelli, pegando a filha e colocando-a nos ombros.

Claro que não é Carrie. Claro que ninguém jamais substituirá Carrie, mas sinto uma alegria profunda ao ver os três saindo do restaurante. Os dois adultos maltratados pela vida foram, como eu, surpreendidos por ela. A ponto de terem uma filha.

Enquanto caminha no calçadão e o sol estende seus últimos raios, Flora se vira para mim. Por um segundo, nossos olhares se cruzam e um frêmito de gratidão percorre nossos corpos.

Depois estalo os dedos e desapareço no ar da noite.

Como um mágico.

Sábado, 10 de junho, 9h30 da manhã

*Romance terminado.
Volto para a vida.*

G<small>EORGES</small> S<small>IMENON</small>
Quand j'étais vieux

Referências

Páginas 9 e 201: Georges Simenon, *Quand j'étais vieux* (Paris, Presses de la Cité, 1970); página 17: Julian Barnes, *Une fille qui danse* (Paris, Mercure de France, 2013); página 26: "L'écrivain écrit ce qu'il peut, le lecteur lit ce qu'il veut", Alberto Manguel citando Borges em *Le Soleil*, 9 out. 2010; página 31: Jonathan Coe, entrevista, *Le Monde*, 2 ago. 2019; página 39: Anaïs Nin, *Journal* (Paris, Stock, 1969) [Em português: *Incesto: diários não expurgados de Anaïs Nin*. Tradução de Guilherme da Silva Braga. Porto Alegre: L&PM, 2008]; página 41: Ray Bradbury, *Le Zen dans l'art de l'écriture* (Paris, Antigone14 Éditions, 2016) [Em português: *O Zen na arte da escrita*. Tradução de Petê Rissatti. Rio de Janeiro: Biblioteca Azul, 2020]; página 42: sobre o papel da literatura, ver Alexandre Gefen, *Réparer le monde: la littérature française face au xxe siècle* (Paris, José Corti, 2017); página 43: Oscar Wilde, *Le Portrait de Dorian Gray* (Paris, A. Savine, 1895) [Em português: *O retrato de Dorian Gray*. Tradução de José Eduardo Ribeiro Moretzsohn. Porto Alegre: L&PM, 2001]; página 44: "Écrire, c'est comme s'enfoncer au deuxième sous-sol sombre de l'âme", Haruki Murakami, discurso na universidade de Kyoto, 6 mai. 2013; página 49: Virginia Woolf, Vita Sackville-West, *Correspondance* (Paris, Stock, 1985); página 51: "You are at once both the quiet and the confusion of my heart", Franz Kafka, *Lettres à Felice*; página 55: Elfriede Jelinek, *Les Exclus* (Paris, J. Chambon, 1989) [Em português: *Os excluídos*. Tradução de Fernanda Mota Alves. Porto: Asa, 2008];

página 60: Sir Arthur Conan Doyle, *Le Signe des 4* (Paris Le Livre de poche, 2015) [Em português: *O signo dos quatro*. Tradução de Jorge Ritter. Porto Alegre: L&PM, 2005]; página 62: Jorge Luis Borges, *Fictions* (Paris, Gallimard, 1951) [Em português: *Ficções*. Tradução de Davi Arrigucci Jr. São Paulo: Companhia das Letras, 2007.]; página 69: Haruki Murakami, *Profession romancier* (Paris, Belfond, 2019) [Em português: *Romancista como vocação*. Tradução de Eunice Suenaga. Rio de Janeiro: Alfaguara, 2017]; páginas 70 e 135: María Luisa Blanco, António Lobo Antunes, *Conversations avec António Lobo Antunes* (Paris, Christian Bourgois, 2004); página 70: Gustave Flaubert, "Un livre est pour moi une manière spéciale de vivre", carta a Mademoiselle Leroyer de Chantepie, dez. 1859; página 71*: Jean Giono, Jean Carrière*, entrevistas, La Manufacture, 1991; página 81: Milan Kundera, *La vie est ailleurs* (Paris, Gallimard, 1973) [Em português: *A vida está em outro lugar*. Tradução de Denise Rangé Barreto. São Paulo: Companhia das Letras, 2012]; página 88: Stephen King, entrevista, *PlayBoy*, 1983; página 89: Mary Shelley, *Frankenstein* (Paris, Marabout, 2009) [Em português: *Frankesntein*. Tradução de Miécio Araújo e Jorge Honkis. Porto Alegre: L&PM, 2015]; página 91: Joan Didion, "Why I Write", *New York Times Book Review*, 5 dez. 1976; página 94: André Malraux, *Les Noyers de l'Altenburg* (Paris, Gallimard, 1948); página 99: Vladimir Nabokov, *Intransigeances* (Paris, Julliard, 1986); página 103: Philip Roth, *Pastorale américaine* (Paris, Gallimard, 1999) [Em português: *Pastoral americana*. Tradução de Rubens Figueiredo. São Paulo: Companhia das Letras, 1998]; página 116: Arthur Rimbaud, *Voyelles*, 1871; página 117: John Irving, *Le Monde selon Garp* (Paris, Seuil, 1980) [*O mundo segundo Garp*. Tradução de Geni Hirata. Rio de Janeiro: Rocco, 2013]; página 131: Sigmund Freud, *Malaise dans la civilisation* (Paris, Denoël et Steele, 1934) [Em português: *O mal-estar na cultura*. Tradução de Renato Zwick. Porto Alegre: L&PM, 2018]; página 143: Søren Kierkegaard, *Crainte et tremblement* (Paris, Fernand Aubier, 1935) [Em português: *Temor e tremor*. Tradução de Maria José Marinho. São Paulo: Abril Cultural, 1979 (Coleção Os Pensadores)]; página 144: Albert Cohen, *Le Livre de ma mère* (Paris, Gallimard, 1954) [Em português: *O livro de minha mãe*. Tradução de Clóvis Marques. Rio de Janeiro: Record, 2001]; página 157: Marcel Pagnol, *La Gloire de mon père* (Paris, Pastorelly, 1957) [Em português: *A glória de meu pai*. São Paulo: Pontes, 1994]; página 159: "Il faut choisir: vivre ou raconter", Jean-Paul Sartre, *La Nausée* (Paris, Gallimard, 1938) [Em português: *A náusea*. Tradução de Rita Braga. Rio de Janeiro: Nova Fronteira, 2019]; página 163: Romain Gary, *Vie et mort d'Émile Ajar* (Paris, Gallimard, 1981); página 175: William Shakespeare, *Macbeth*, 1623 [Em português: *Macbeth*. Tradução de Beatriz Viégas-Faria. Porto Alegre: L&PM, 2000.]; página 176: Rimbaud, *Lettres du Voyant* (Paris, Minard, 1975); página 182: Henri Bergson, *Le Rire* (Paris, F. Alcan, 1900) [Em português: *O riso. Ensaio sobre o significado do cômico*. Tradução de Maria Adriana Camargo Cappello. São Paulo: Edipro, 2020]; página 191: Henry Miller, "Lire ou ne pas lire", Esprit, 1960; página 199: sobre a percepção da realidade, ver o "teorema de Thomas", formulado par R. K. Merton, em *Éléments de théorie et Méthode sociologique*.

Outros autores, artistas e obras citados

Roberto Bolaño; Albert Camus, *L'Été*; Colette; Pat Conroy; Marguerite Duras; Jean Echenoz; George Eliot; Zelda Fitzgerald; Edward Hopper; Victor Hugo, *Demain dès l'aube* e discurso perante a Assembleia Nacional, 1851; John Irving; Franz Kafka; Stephen King, *Misery*; Michiko Kakutani; Katherine Mansfield; Henry de Montherlant; Vladimir Nabokov; Luigi Pirandello; Marcel Proust; Mary Shelley, *Frankenstein*; Pierre Soulages; William Styron; Mario Vargas Llosa. Filmes: *O magnífico*; *Acossado*.

Ilustrações: © Matthieu Forichon

lepmeditores
www.lpm.com.br
o site que conta tudo

IMPRESSÃO:

PALLOTTI
GRÁFICA

Santa Maria - RS | Fone: (55) 3220.4500
www.graficapallotti.com.br